1781

MONIKA MARON

Das Haus

Roman

Hoffmann und Campe

2. Auflage 2023

www.hoffmann-und-campe.de
Umschlaggestaltung: Vivian Bencs © Hoffmann und Campe
Umschlagabbildung: © Martin Arusalu/Unsplash
Satz: Pinkuin Satz und Datentechnik, Berlin
Gesetzt aus der Adobe Garamond Pro
Druck und Bindung: GGP Media GmbH, Pößneck
Printed in Germany
ISBN 978-3-455-01642-0

HOFFMANN
UND CAMPE

Ein Unternehmen der
GANSKE VERLAGSGRUPPE

Für Ursula

1

Ich wollte in das Haus nicht einziehen. Schon im Winter hatte Katharina mir von ihrer unverhofften Erbschaft erzählt, ein großes, komplett renoviertes Gutshaus hundert Kilometer nördlich von Berlin, das ihr Vetter Edwin ihr aus nur zu vermutenden Gründen hinterlassen hatte und damit zugleich die schwierige Frage, was sie mit dieser Erbschaft anfangen sollte.

Ich riet ihr, das Haus zu verkaufen, aber Katharina meinte, in dieser gottverlassenen Gegend bekäme man höchstens ein Zehntel dessen, was der Vetter in das Haus schon investiert hätte. Sie erwog, eine Pension für Fahrradtouristen zu eröffnen oder, was ihr Vetter geplant hatte, einen Aufenthaltsort für Künstler, wofür er das Haus eigens umgestaltet hatte mit Bädern an jedem Zimmer oder Apartment und einer großen Küche mit mehreren Kochstellen. Aber weder verspürte sie die Neigung, eine Fahrradpension zu führen, noch ein Künstlerparadies, und so blieb dieses Thema wochenlang Gespräch im Freundeskreis, was aber immer wieder nur zu den gleichen Vorschlägen führte, weil die Möglichkeiten auch an drei Fingern abzuzählen waren und die vierte, Katharina könnte allein in dieses Haus mit zehn oder fünfzehn Zimmern ziehen, absurd war.

Katharina kannte ich, seit ich mir vor zwanzig Jahren

meinen ersten Hund angeschafft hatte. Sie arbeitete in der Tierarztpraxis in meiner Nähe, der Hund war infolge einer Borreliose oft krank, und mir gefiel, wie Katharina mit ihm umging, entschlossen, aber niemals grob, wie sie sich freuen konnte an den Eigenarten eines Hundes, auch wenn sie ihr die Arbeit erschwerten. Es sei furchtbar für sie, sagte sie einmal, dass alle Tiere sich vor ihr fürchteten, obwohl sie die Hunde wie die Katzen, sogar die Meerschweinchen liebe und ihnen ja auch nur Gutes tue. Ich weiß nicht mehr genau, wie es kam, dass wir uns befreundeten. Wir gingen manchmal miteinander ins Kino, einmal reisten wir gemeinsam nach Sizilien, weil wir herausgefunden hatten, dass wir beide Sizilien liebten. Inzwischen fiel Katharina mir immer als Erste ein, wenn ich etwas Erfreuliches oder Unerfreuliches zu erzählen hatte, sogar noch vor Sylvie, die ich viel länger kannte.

Es war Anfang Februar bei Sylvies achtundsechzigstem Geburtstag, als morgens zwischen drei und vier wieder einmal die Rede auf Katharinas grandiose Immobilie kam. Wir waren nur noch zu fünft oder sechst, der engste Kreis eben, als Sylvie meinte, wir könnten doch alle zusammen da einziehen. Ich rief gleich: um Gottes willen, aber Sylvie war von ihrem Vorschlag so entzückt, dass sie uns mit vom Alkohol befeuerter Begeisterung ein gemeinsames Leben in einem Schloss auszumalen begann, was mich umso mehr abschreckte. Katharina sah ernst von einer zur anderen und sagte dann mit einem Blick zu mir, den ich als Frage verstand, daran hätte sie auch schon gedacht. Eigentlich sei das sogar ein alter Traum von ihr, für den sie irgendwann nur der Mut verlassen hätte.

Ich beteuerte noch einmal, dass für mich so eine späte, wenn auch luxuriöse Wohngemeinschaft nicht infrage käme, Sylvie jubelte, in dem Gesicht von Michael Jahnke, dessen Freund vor einem Jahr an einem Aneurysma gestorben war, glaubte ich etwas zu erkennen, das Neugier, vielleicht sogar Hoffnung hätte sein können, und Katharinas Gesicht sah ich an, dass in ihr schon die ersten Pläne keimten.

Von diesem Tag an arbeiteten Sylvie und Katharina an dem großen Vorhaben Bossin und fuhren fast an jedem Wochenende mit ausgewählten Kandidaten über Land. Offenbar gestaltete sich das Zusammenfügen einer Gemeinschaft, die sowohl erwünscht als auch willig war, schwieriger als erhofft, was weder Sylvies noch Katharinas Enthusiasmus bremste. Sylvie hatte einen Traum und Katharina einen Plan. Und wenn Katharina einen Plan hatte, entfaltete auch der sinnvollste Zweifel an seiner Realisierung die gegenteilige Wirkung, indem er Katharina nur animierte, nach neuen Wegen und Umwegen zu suchen, um ans Ziel zu gelangen. Wie die Geschichte mit der alten Dogge, deren Besitzer nach einem Unfall und einer misslungenen Operation für unbestimmte Zeit auf einen Rollstuhl angewiesen war und den Hund nicht behalten konnte. Katharina versprach ihm, einen geeigneten Nachfolger zu finden, bei dem die Dogge die zwei oder drei Jahre, die sie noch zu leben hatte, glücklich sein würde. Aber es fand sich niemand, der dieses riesige Tier aufnehmen wollte oder konnte. Am Ende beschloss Katharina, die den Hund schon als Welpen gekannt hat und der es unmöglich war, ihr Versprechen zu brechen, den

Hund selbst zu behalten. Sie nahm ihn mit in die Praxis, wo er in einem hinteren Raum ein komfortables Bett bekam, stellte einen Studenten an, der zweimal am Tag den Hund, der schon an leichter Inkontinenz litt, zum Ausgang in der Praxis abholte, ging morgens und abends selbst mit ihm spazieren, bis er nach zwei Jahren starb. Sie gab zu, dass es eine Strapaze war, aber sie hatte sich nun einmal vorgenommen, den armen Hund zu retten.

Noch im Mai standen nur Katharina, Sylvie und Michael Jahnke als zukünftige Bewohner des Hauses fest. Manche Interessenten hatten sich wieder zurückgezogen, andere waren von der Idee begeistert, besaßen aber selbst Anwesen auf dem Land oder ererbte Villen in Berlin, die sie einem Zimmer in einer Kommune vorzogen.

Katharina beschloss, den Kreis der Kandidaten zu erweitern und lud zur Besichtigung des Hauses eine größere Gesellschaft ein, zu der auch Personen gehörten, die man nur mit gutem Willen als erweiterten Freundeskreis bezeichnen konnte. Diesmal fuhr ich mit, um wenigstens einmal gesehen zu haben, wovon Sylvie und Katharina träumten.

Das Haus war schöner, als ich es mir nach den Fotos vorgestellt hatte, ein lang gezogener Bau mit schmucklosen Säulen links und rechts der Treppe, die zu dem überdachten Eingang führten, die in der oberen Etage symmetrisch angeordneten Fenster ließen auf ausreichende Zimmer schließen, darüber drei Gaubenfenster, die wie schläfrige Augen aus dem Dach in die Landschaft blickten.

Nach der Besichtigung des Hauses lud Katharina zu

einem kleinen Umtrunk im Garten ein. Wir standen im gleißenden Sonnenschein auf der großen Wiese vor dem Haus, der Wind wehte den süßlichen Duft des Flieders herüber, an der Eingangstür hatte jemand, wahrscheinlich Sylvie, einen Strauß bunter Luftballons angebracht, wie vor Geschäften, die neu eröffneten oder für eine Sonderaktion warben.

Ich konnte mir durchaus vorstellen, mein großstädtisches Leben gegen ein Leben in diesem Prachtbau zu tauschen, vorausgesetzt, ich hätte darin eine eigene Wohnung mit wenigstens drei Zimmern für mich allein und außer mir wohnten darin höchstens noch Katharina und Sylvie.

Ich kannte kaum jemanden von den Leuten, die das Haus und den Garten inspizierten, darunter auch ein jüngeres Paar, das Hand in Hand herumspazierte, an dem eigentlichen Anlass des Treffens aber kaum Interesse zeigte. Hin und wieder winkten sie den beiden Kindern, die kreischend und juchzend über die Wiese tobten. Eltern und Kinder waren hell und anmutig gekleidet wie für ein Sommerfest und sahen nicht aus, als träumten sie von einem Leben auf dem Dorf.

Um Katharina hatte sich eine kleine Gruppe möglicher Interessenten versammelt, von denen ich nur das Ehepaar Müller kannte, sie pensionierte Lehrerin für Deutsch und Geschichte, er emeritierter Althistoriker. Amadeus Müller war ein renommierter Wissenschaftler, und ich konnte mir nicht vorstellen, dass er eine Landkommune für sich ernsthaft in Erwägung zog. Allerdings erzählte man sich, er hätte vor einiger Zeit einen Schlaganfall erlitten, was auch erklärte, warum er sich auf einen eleganten ebenholzfarbenen Stock mit Silberknauf stützte. Und wer wusste, welche Schäden er sonst noch davongetragen hatte. Jedenfalls schienen die Müllers sich ernsthaft nach den Räumlichkeiten zu erkundigen, denn Katharina wies ein paarmal in Richtung der rechten Ecke des Hauses, wo im Erdgeschoss eine kleine, komfortable Wohnung lag, die der Vetter wohl für sich selbst vorgesehen hatte. Katharina hatte nach kurzem Überlegen darauf verzichtet, weil sie sich in der künftigen Gemeinschaft keine privilegierte Position anmaßen wollte, nur weil ihr das Haus gehörte. Das würde von Anfang an alles in eine Schieflage bringen, sagte sie.

Ich goss mir noch etwas von dem Chardonnay ein, den Katharina in einer großen Kühltasche auf dem Eingangsportal abgestellt hatte, setzte mich auf die oberste Stufe und versuchte herauszufinden, wer von den geladenen Personen Katharinas Einladung annehmen könnte. Sylvie lief mit einer Weinflasche zwischen den Gästen herum und füllte die Gläser nach. Hinter mir hüpften die Kinder und versuchten, sich ein paar Luftballons aus dem Bündel zu erobern. Marianne Jansen half ihnen dabei, setzte sich dann neben mich, zündete sich eine Zigarette an, nahm einen tiefen Zug und atmete dann mit einer Entschlossenheit aus, die offenbar dem Satz galt, den sie mir mitteilen wollte:

Ich glaube, ich mache das.

Was?

Ich ziehe hier ein. Und du?

Du kennst mich doch, natürlich nicht.

Marianne, von ihren Freunden Mary genannt, hatte eine kleine Buchhandlung, fünf Minuten von meiner Wohnung entfernt, wo ich seit jeher meine Bücher kaufte. Dreißig Jahre hatte sie das Geschäft gemeinsam mit ihrem Mann betrieben, bis Martin vor drei Jahren plötzlich gestorben war. Er hatte sie am Nachmittag im Laden ablösen sollen, weil sie einen Zahnarzttermin hatte, und als er nicht kam, auch nicht ans Telefon ging, schloss sie den Laden ab und ging nach Hause. Da fand sie ihn auf dem Fußboden vor dem Bett, tot.

Zwei Wochen danach öffnete sie die Buchhandlung wieder, stellte bald eine junge Frau ein, das Geschäft lief weiter wie zuvor, die Stammkundschaft blieb ihr treu, und trotzdem war für jeden spürbar, dass die zuweilen manische Leidenschaft, mit der Mary ihren Kunden die Bücher nahelegte, von denen sie überzeugt war, dass gerade dieser Mann oder diese Frau oder dieses Kind sie unbedingt lesen müssten, mit Martin entschwunden war.

Dabei war Mary berühmt für ihre magische Fähigkeit, an Mimik, Gestik, Stimme und Kleidung zu erkennen, welches Buch für welchen Menschen das richtige war. Und wenn sie fand, dieser Mensch hätte sich für ein Buch entschieden, das sie für das nicht gemäße hielt, fragte sie manchmal: Ach, wollen Sie das verschenken? Und gerade diese außergewöhnliche Fähigkeit, die ihr die größte Lust an ihrem Beruf bereitet hatte, war ihr verloren gegangen. Ohne Martin bin ich nur noch halb, sagte sie. Ihr magisches Talent hat wohl zur verlorenen Hälfte gehört.

Und was machst du mit dem Laden, fragte ich.

Den würde Nele übernehmen, die Neue, du weißt. Ich

überlege ja schon lange, ob ich den Laden verkaufen soll. Es macht keine Freude mehr ohne Martin. Dreißig Jahre, von Anfang an, war das unser Leben. Ich sehe ihn immer noch auf der Leiter stehen und Bücher ins Regal sortieren und will ihn immer noch fragen, welche Titel wir auf den Tresen legen sollen. Er fehlt jeden Tag, es ist nicht mehr dasselbe. Und hier ist alles neu, sagte sie, zog an der Zigarette, lachte kurz, es klang rau. Den ganzen Tag von anderen Menschen umgeben sein bin ich ja gewöhnt, besser als ganz allein.

Sie saß, den rechten Arm um ihre Knie geschlungen, in der linken Hand die Zigarette, neben mir auf den Stufen, klein und dünn wie ein Mädchen, und sah ziellos über die Wiese in die maigrünen Kronen der Bäume, als suchte sie da ihre Zukunft.

Ich kannte Mary seit fast dreißig Jahren, zuerst nur, weil ich meine Bücher bei ihr kaufte. Eines Tages bekam ich den Auftrag, ein Feature über Buchhandlungen zu machen und interviewte dafür auch Mary und Martin. Die beiden müssen Anfang dreißig gewesen sein. Ich versuchte mich zu erinnern, wie Mary damals ausgesehen hat, aber ihr junges Gesicht war überlagert von allen ihren Gesichtern danach. Genau so erging es mir sogar mit meinem eigenen Gesicht, wenn ich unter meinem Spiegelbild nach den vergangenen Gesichtern suchte. Die fand ich nur auf Fotos, von denen sie mich freundlich oder trotzig ansahen wie eine mir sehr vertraute Person, die aber nicht ich war, obwohl ich natürlich wusste, dass sie ich war, jedenfalls gewesen war. Auch wenn ich versuchte zu ergründen, warum ich vor dreißig oder vierzig

Jahren etwas getan, gedacht und entschieden habe, fand ich nicht mehr heraus, ob es nicht längst meine Bearbeitung der Ereignisse in den dazwischenliegenden Jahren war, ob ich die Erinnerungen nicht meinem veränderten Verständnis der Menschen und der Welt im Allgemeinen und meines Lebens im Besonderen angepasst hatte. Aber schließlich waren wir im Leben da gelandet, wo wir heute waren, und Mary wollte in das Haus einziehen und ich nicht.

Mary legte ihre Hand auf meine Schulter, aber nur, um sich beim Aufstehen darauf zu stützen. Sie winkte Katharina und hob dabei den Zeigefinger wie jemand, der etwas melden wollte. Die beiden liefen aufeinander zu, und kurz darauf umarmten sie sich lachend. Und die Müllers schüttelten Katharina beim Abschied so lange die Hand, dass es nach einem Vertragsabschluss aussah. Auch das junge Paar mit den Kindern, offenbar die Müller'sche Familie, verabschiedete sich auffallend herzlich und machte einen zufriedenen Eindruck.

Ich fuhr mit Katharina wieder nach Berlin. Wir sprachen über das Haus, Katharina schwärmte von der kargen, aber doch reizvollen Landschaft, dem traumhaften Himmel und dem schönen Park.

Siehst du, es wird doch, sagte sie, die Buchhändlerin hat fest zugesagt und Amadeus Müller so gut wie. Er ist reizend und bestimmt ein intellektueller Gewinn. Ich glaube, es kann großartig werden.

Na ja, sagte ich.

Was hätte ich ihr auch sonst sagen können. Dass ihr Haus nur eine Verlockung war für Menschen, die sich vor dem einsamen Alter fürchteten wie Mary? Oder für Menschen mit Schlaganfall wie Amadeus Müller, dessen Frau rechtzeitig dafür sorgte, dass nicht sie allein die Last tragen musste? Und dass ich genau darum nicht in das Haus einziehen wollte?

Na ja, sagte ich noch einmal.

***

2

Elf Monate später zog ich in das Haus ein, und das nicht, weil ich ein kollektives Hinleben auf Siechtum und Tod inzwischen verlockend fand, sondern weil unausweichliche Umstände mich zwangen, meine Wohnung aufzugeben. Unser Hausbesitzer war schon vor einiger Zeit gestorben, inzwischen hatten die Erben das Haus verkauft, Eigentümer und Wohnungsverwaltung wechselten und präsentierten sofort eine Mieterhöhung und die Ankündigung von Modernisierungsmaßnahmen einschließlich eines Ausbaus des Dachbodens zu komfortablem Wohnraum. Ich wohnte in der vierten Etage. Im Februar begann über mir an jedem Morgen um acht ein wuchtiges Hämmern und Krachen, dass ich dachte, jeden Augenblick müsste die Decke einstürzen. Nach den ersten groben Abrissarbeiten wurde es etwas ruhiger, dafür stand eines Tages meine Küche unter Wasser, weil wohl jemand ein funktionierendes Rohr für ein stillgelegtes gehalten hatte. Der Ausbau würde vermutlich zwei Jahre dauern, wurde uns mitgeteilt. Zwei Jahre, dazu eine Miete, die schon jetzt höher war, als ich mir eigentlich leisten konnte. Ich wollte raus aus dieser Hölle, so schnell wie möglich. Eine in Preis und Zustand annehmbare Wohnung zu finden würde schwer werden, dazu die Kündigungsfrist von drei Monaten. Ich rief Katharina an, zwei Zimmer waren noch zu vergeben, ich brauchte nur eins. Ich kündigte die Wohnung, mietete einen Speicherraum für Hausrat und Möbel und zog mit Bett, Schreibtisch, zwei Sesseln, einem kleinen Couchtisch und drei Bücherkisten in das Haus. Natürlich nur vorübergehend, sagte ich zu Katharina, bis ich was Passendes gefunden habe.

Eine Woche vor meinem Umzug hatte Katharina mir eine Mail geschrieben:

Liebe Eva,
Du glaubst nicht, wie ich mich auf Dich freue. Erinnerst Du Dich an unsere Fahrt von Bossin nach Berlin am Tag meiner Hauspräsentation? Ich habe Dir von unserer Zukunft in Bossin vorgeschwärmt, und Du hast mir mit Deinem unvergesslichen Na ja geantwortet. Daran habe ich oft gedacht, denn wir mussten uns alle erst an die neuen Umstände, vor allem aber aneinander gewöhnen. Es ist eben ein Unterschied, ob man sich besucht oder miteinander lebt, auch wenn jeder seine eigene kleine Wohnung hat. Sylvie hat sich unser Leben hier wahrscheinlich aufregender vorgestellt, vermutlich hat sie an ihre studentische Wohngemeinschaft gedacht, als sie sich ein gemeinsames Leben in diesem Haus vorstellte. Mary und Michael, die beide der Tod ihrer Partner verbindet, unternehmen viel miteinander. Sylvie ist im Winter ziemlich oft nach Berlin gefahren, wahrscheinlich hat sie Dich auch besucht und Dir selbst schon berichtet. Seit zwei Monaten haben wir einen Neuzugang, Johannes Bertram. Ich weiß nicht, ob Du Dich an ihn erinnerst. Er ist ein alter Freund von

mir noch aus meiner Dresdener Zeit, dessen zwanzig Jahre jüngere Frau in Liebe zu einem wiederum einige Jahre jüngeren bulgarischen Arzt verfallen ist. Nun wohnt er erst einmal hier und hofft, dass die Sache sich irgendwie erledigt und er in sein gewohntes Leben zurückkehren kann.

Ich habe noch viel zu tun, um unsere Angelegenheiten hier zu organisieren. Wir mussten lange suchen, um eine Putzfrau für das große Haus zu finden. Am Ende habe ich in der Zeitung inseriert, worauf sich drei polnische Frauen gemeldet haben, Polen ist ja nur zehn Kilometer entfernt. Jetzt teilen sich zwei die Arbeit, und wir sind sehr zufrieden. Unser Kontakt zu den Einheimischen ist noch nicht weit gediehen. Gott sei Dank ist es Frühling, man sieht die Leute wieder öfter in ihren Gärten, und wir lernen uns allmählich besser kennen. Das alles schreibe ich Dir, damit Du weißt, was Dich erwartet. Illusionen machst Du Dir sowieso nicht, das weiß ich. Aber glaub mir, das Leben fernab der städtischen Aufgeregtheit ist ein Gewinn. Der große Himmel, das Blühen und Vergehen, selbst der bösartige Wind verändern den Blick auf fast alles, auch auf sich selbst. Ich bin jedenfalls sehr froh, dass wir dieses Abenteuer gewagt haben.

Bis nächste Woche also!

In freudiger Erwartung

Deine Katharina

Bis auf die Ankunft des Neulings, an den ich mich, falls ich ihn schon einmal kennengelernt haben sollte, nicht erinnerte, enthielt Katharinas Nachricht für mich nichts Überraschendes. Schlimmer als die Torturen, denen ich in meiner Wohnung ausgesetzt war, konnte es sowieso nicht werden. Im April ließ ich mich also samt meinem spärlichen Mobiliar von dem hilfsbereiten Sohn eines Freundes in einem geliehenen Transporter nach Bossin chauffieren. Katharina und Sylvie standen schon auf den Stufen vor dem Haus, als wir vorfuhren. Sylvie hatte ihre Vorliebe für extravagante Mode offenbar der neuen Umgebung angepasst und sah aus, als hätte sie ihre Garderobe in einem Katalog für englische Landhausmode bestellt: eine doppelreihig geknöpfte karierte Weste über einem farblich passenden Rollkragenpullover, dazu dunkelbraune Hosen, die kurz über den eleganten Schnürstiefelchen endeten. Auch ihre blonden Locken umrahmten wie immer ein bisschen wild, aber perfekt frisiert ihr Katzengesicht.

Katharina hatte einen jungen Mann aus der dörflichen Nachbarschaft organisiert, der beim Entladen der Möbel half. Nachdem mein Zimmer, das einen schönen Ausblick auf den Park bot, notdürftig eingerichtet und sogar das Bett bezogen war, bestanden Sylvie und Katharina auf einem Rundgang durch das Haus und die Gärten, die sie schon im vorigen Sommer angelegt hätten. Die anderen Bewohner seien gerade unterwegs, die Müllers hätten sich zur Nachmittagsruhe zurückgezogen, die würde ich erst am Abend treffen, sodass wir nur die Gemeinschaftsräume besichtigen könnten. Die Bibliothek war der größte Raum mit vier Sitzecken. Sessel, Sofas und Lampen zeugten von unterschiedlichem Geschmack. Drei Bauhausklassiker in schwarzem Leder und Chrom und ein samtbezogener und kordelverzierter Ohrensessel standen dicht nebeneinander und verbreiteten einen sehr gemütlichen Eindruck.

Sieht ein bisschen bunt aus, sagte Sylvie, was eben jeder so übrig hatte.

Nur mit der Anordnung der Bücher hätten sie ein Problem gehabt und sich am Ende dafür entschieden, dass jeder sein eigenes Regal bekommt. Natürlich könne jeder bei jedem ausleihen und müsse das nur in ein Heft eintragen. Amadeus Müller hätte seine Fachliteratur allerdings in seiner eigenen Wohnung untergebracht.

Durch eine schlichte zweiflügelige Tür mit der Bibliothek verbunden, schloss sich der Speiseraum an, in dessen Mitte ein langer, sehr eleganter Tisch aus glänzendem Nussbaum mit schwarz lackierten Beinen stand, dazu zehn passende Stühle mit hellem Bezug. An der Stirnseite des Raums prangte eine dekorative Anrichte, darauf eine Espressomaschine und die dazugehörigen Tassen.

Diese luxuriöse Ausstattung verdanken wir den Müllers, erklärte Katharina, bis auf die Espressomaschine, die war unsere erste gemeinsame Anschaffung.

Ich stellte mir vor, wie ich hier jeden Morgen mit Sylvie, Mary, Michael Jahnke, Katharinas Dresdener Freund und vielleicht sogar mit den Müllers frühstücken würde. Kollektive Lebensmodelle überforderten mich, selbst meine Ehen waren an meinen Kompatibilitätsdefiziten gescheitert. Aber ich hatte schon in Berlin beschlossen, mich angesichts meiner Notlage derartigen Aversionen und Vorurteilen keinesfalls hinzugeben, sondern was immer mich hier erwartete, mit Gefallen zu betrachten, und falls mir das nicht gelingen sollte, dann wenigstens mit Interesse.

Und kocht ihr gemeinsam, fragte ich.

Geht nicht, sagte Sylvie, Müllers sind Vegetarier, er wohl nicht ganz freiwillig, und Michael Jahnke hat eine Fischallergie wegen der Parmaluine.

Parvalbumine, korrigierte Katharina, die sitzen im weißen Muskelfleisch von Fischen. Thunfisch könnte er essen, aber den gibt es hier nicht, außerdem ist er zu teuer. Meistens kochen Sylvie und ich zusammen, und manchmal laden wir noch jemanden ein, wie es gerade passt.

Ich hätte das Haus lieber selbst erkundet, ohne mich zu der gelungenen oder weniger gelungenen Einrichtung äußern zu müssen, und nutzte darum unser Gespräch über die Essgewohnheiten, um bescheiden darauf hinzuweisen, dass ich seit dem Frühstück nichts gegessen hätte und außerdem unbedingt eine Zigarette rauchen müsse.

Sylvie bot an, die Linsensuppe von gestern für mich zu wärmen, und Katharina führte mich in ein abgelegenes, aber geräumiges Zimmer mit Fenstern nach zwei Seiten, das für verschiedene Zwecke möbliert war. Zwei Sofas, ein Schreibtisch, zwei kleine Tische, an denen man auch essen konnte, ein Schrank mit Gläsern aller Art.

Unser Rauchersalon, sagte Katharina, im eigenen Zimmer kann man natürlich auch rauchen. Aber eigentlich gibt es nur mit Gerlinde ein Problem.

Gerlinde?

Gerlinde Müller, sagte Katharina in einem Ton, der

vermuten ließ, dass es mit Gerlinde noch andere Probleme gab.

Außer der Linsensuppe brachte Sylvie eine Flasche Rotwein, wir verschoben die Besichtigung des Gartens auf den nächsten Tag und freuten uns über das Wiedersehen, redeten viel durcheinander über gemeinsame Freunde, irgendeinen Film, den wir alle gesehen hatten, über Sylvies schicke Schnürstiefelchen oder erregten uns wieder einmal über die neuesten Spracherfindungen, denen man wehrlos ausgesetzt war. Eigentlich war es wie immer, und trotzdem kamen mir meine Freundinnen auf schwer zu beschreibende Weise verändert vor. Vielleicht lag es nur daran, dass ich sie lange nicht gesehen hatte oder an Sylvies britischem Landkostüm. Auch Katharina in Jeans und Lederjacke war ein eher ungewohntes Bild. Aber es war mehr als das, sie kamen mir zugleich jünger und älter vor, jedenfalls hatte ich ein jüngeres Bild von ihnen im Kopf, als es die erbarmungslose Nachmittagssonne, die durch die westlichen Fenster fiel, nun zeichnete. Die zahllosen Fältchen um Mund und Augen, die wie eine Schraffur auch schon die Wangen durchzogen. Zugleich aber erschienen sie mir verjüngt in ihrer Art, sich zu bewegen und zu sprechen; beweglicher, bedenkenloser, mir fiel kein passendes Wort dafür ein. Vielleicht bildete ich mir das auch ein, und es lag nur daran, dass sie ihr Leben in eine andere Landschaft verpflanzt hatten und darin eben ein ungewohntes Bild abgaben, was in Zukunft dann auch für mich gelten könnte. Aber nach den Strapazen, die der Umzug und die Wohnungsauflösung mir abverlangt hatten, war ich froh, endlich hier zu sein, den Frühling zu genießen und diese himmelhohe Stille, durch die nur hin und wieder ein fernes Geräusch drang.

Wir waren schon bei der zweiten Flasche Wein, als Sylvie plötzlich aufsprang, gegen das Fenster klopfte und mit heftigen Gesten jemandem bedeutete, zu uns zu stoßen.

Johannes kommt gerade von seiner Radtour, sagte sie.

Als Johannes Bertram den Raum betrat, erinnerte ich mich gleich an ihn. Auf einem von Katharinas Festen hatte ich sogar lange mit ihm gesprochen, ich wusste nicht mehr worüber, und seinen Namen hatte ich vergessen, aber seine melancholische Freundlichkeit, die ihm ins Gesicht geschrieben war, hatte bei mir einen bleibenden Eindruck hinterlassen. Er war ein hochgewachsener Mann, wobei er Schultern und Kopf beim Gehen leicht gebeugt hielt, wie ich es schon oft bei großen Menschen beobachtet hatte. Entweder war ihre Größe ihnen peinlich oder es hatte sich zur Körperhaltung fixiert, dass sie sich ihren Gesprächspartnern meistens von oben nach unten zuneigen mussten. Johannes schüttelte mir lange die Hand. Er freue sich, dass ich nun zu ihrer Gemeinschaft gestoßen sei, wenn auch die Umstände, die dazu geführt hätten, natürlich weniger erfreulich seien.

Es blieb unklar, ob er damit auch seine eigenen Umstände meinte. Ich versicherte ihm, dass die Freude ganz meinerseits sei, was auch der Wahrheit entsprach, nicht nur, weil ich mir von ihm eine interessante Gesellschaft versprach, sondern auch, weil er die männliche Fraktion im Haus verstärkte, die ohne ihn nur aus Michael Jahnke und einem lädierten Althistoriker bestanden hätte.

Johannes Bertram fuhr sich durch das vom Wind zerzauste Haar, das zwar fast weiß, aber für sein Alter ungewöhnlich üppig war.

Es ist eben doch ein Unterschied, sagte er, ob ich zu Hause auf meinem Hometrainer vor mich hin radele oder hier durch die Frühlingslandschaft. Erinnerungen an fast vergessene Gefühle steigen da in einem auf.

Ein leichter Anklang des sächsischen Dialekts gab seiner Sprache etwas Weiches, Verbindliches, das, wie ich fand, seine ganze Erscheinung, die gebeugten Schultern und den etwas melancholischen Gesichtsausdruck zu bestätigen schien.

Erinnerung an Gefühle, das ist schön, sagte Katharina, so geht es mir hier auch, ich erinnere mich an Gefühle, unabhängig von den Ereignissen. Wenn ich durch die Landschaft laufe, diese endlosen Felder, rundum alles so grenzenlos, dann fühle ich mich manchmal, wie ich glaube, dass ich mich sehr viel früher mal gefühlt habe.

Also, du meinst, du fühlst dich jung, fragte ich, verwundert über Katharinas Schwärmerei.

Natürlich nicht, es ist wie eine emotionale Fata Morgana, herübergeweht aus einer anderen Zeit, nur die Erinnerung an ein Gefühl eben.

Sylvie sah von Katharina zu Johannes, schüttelte den Kopf, für sie klinge das eher wie eine Nahtod-Erfahrung.

Es muss ja nicht gleich der Tod sein, sagte Katharina, aber Gefühle verändern sich im Laufe des Lebens, wie sich auch die Vorstellungen von Glück verändern. In der Jugend zielt alles in die Unendlichkeit, und jedes Gefühl ist mit Hoffnung verbunden: die Hoffnung auf die große Liebe, Erfolg im Beruf, auf Kinder, Wohlstand, alles gilt absolut, und alles scheint erreichbar. Und dann endet die große Liebe, die Ehe wird vielleicht geschieden, das Kind pendelt zwischen Vater und Mutter, und der Erfolg im Beruf erweist sich als endlich. In unserem Alter hat das Wort unendlich sowieso nur noch eine fatale Bedeutung. Ich muss, wenn ich an die Zukunft denke, doch etwas anderes fühlen als vor vierzig Jahren.

Ich habe schon immer verwundert oder auch neidvoll zugehört, wenn andere von ihrer Jugend sprachen. Ich erinnerte mich an meine Jugend nicht gern, und woran ich mich überhaupt erinnerte, gefiel mir nicht, ich selbst gefiel mir nicht. Ich hielt es auch nicht für erstrebenswert, meine jugendlichen Gefühle zu beleben.

Was fühlt ihr denn, wenn ihr euch an vergessene Gefühle erinnert, fragte ich.

Johannes Bertram senkte den Kopf und sah aus, als wollte er sein Geheimnis für sich behalten. Katharina suchte die Antwort mit ratlosen Blicken nach links und rechts und himmelwärts, spreizte die Finger und schloss sie wieder, aber die Antwort, die sie suchte, ließ sich weder blicken noch greifen.

Nein, das wäre peinlich.

Sie schüttelte den Kopf und lachte. Alles, was mir einfällt, klingt nur kitschig. Aber es ist trotzdem so. Eva, sag du doch mal, was du fühlst, wenn du liebst. Na?

Kommt darauf an, wen oder was, sagte ich.

Na gut, ich mach es einfach, du hast deinen Hund geliebt. Was hast du dabei gefühlt?

Liebe, ich habe Liebe gefühlt, sagte ich.

Aber Katharina bestand darauf, dass ich mein Gefühl

beschreibe, nicht nur benenne, schließlich hätte ich das von ihr auch verlangt.

Johannes Bertram hob sein Glas und zitierte: Wovon man nicht reden kann, darüber muss man schweigen.

Sylvie protestierte. Das ist doch Quatsch, natürlich kann man über Liebe reden. Alle Menschen reden ihr halbes Leben lang über Liebe. Zuerst über ihr himmelhohes Glück, bis es sich früher oder später in Unglück oder Langeweile verwandelt hat.

Aber wie, fragte Johannes Bertram leise, wie sprechen sie über Glück? Nach seiner Erfahrung sprächen die Menschen über ihr Unglück viel konkreter, wütend oder gekränkt oder verzweifelt. Das Glück würden die meisten doch nur benennen. Ich bin glücklich, sagen sie und setzen voraus, dass der andere weiß, was sie jetzt fühlen. Unglück sei individueller und konkreter, Schuld und Schuldige seien anzuklagen, Rachegelüste kämen auf. Selbst unbeholfenen Rednern könne so eine dramatische Erzählung gelingen. Hingegen bedürfe es doch eines erheblichen sprachlichen Talents, ohne Peinlichkeit über Glück zu sprechen.

Das habe ich doch gesagt, unterbrach ihn Katharina, es wäre peinlich. Ich bin Tierärztin und kein Dichter. Ich könnte auch nur sagen: Es ist die Erinnerung an Glück. Und ihr könnt euch dann denken, was ihr wollt.

Da ich die Diskussion, die unversehens ernst geworden war, eher scherzhaft vom Zaun gebrochen hatte, wollte ich etwas zur Beruhigung beitragen und rezitierte die berühmten vier Zeilen von Eichendorff:

Und meine Seele spannte
weit ihre Flügel aus,
flog durch die stillen Lande,
als flöge sie nach Haus.

Das, sagte ich, sei für mich eine gelungene Beschreibung von glücklichem Erleben, eines Augenblicks von Glück, aber auch von Liebe. Und eigentlich ginge es mir nicht anders als Katharina, mir fiele auch nur Unaussprechliches ein, wenn ich Glück beschreiben sollte.

Ja, sagte Katharina, die Seele, die weit ihre Flügel ausspannt, ist ein wunderbares Bild. Genau das ist das Gefühl, an das ich mich erinnere.

Und jetzt kannst du nicht mehr so fühlen, fragte Sylvie mit sanftem Mitleid in der Stimme.

Katharina lachte. Die unverwüstliche Sylvie. Nein, die Flügel meiner Seele sind inzwischen gestutzt, fliegen kann sie nicht mehr, nur noch flattern.

Johannes Bertram lächelte und sah dabei aus dem Fenster, als suchte er eine Flugbahn für seine Seele. Und ich versuchte mich zu erinnern, wann ich zum letzten Mal etwas verspürt hatte, das der Eichendorff'schen Beschreibung würdig gewesen wäre. In der näheren zeitlichen Umgebung fiel mir nichts ein. Vielleicht hatte es Sekunden gegeben, ein überwältigendes Himmelsbild oder das unverhoffte Lächeln eines fremden Menschen, in dem man sich für einen Augenblick aufgehoben fühlen konnte. Nur die Begegnung mit dem alten Mann hatte einen bleibenden Eindruck hinterlassen, die lag aber schon Jahre zurück. Es war ein sonniger Tag im Frühsommer gewesen, ich lief mit meinem Hund durch die Pariser Straße, und wir müssen einen sehr einigen, glücklichen Anblick geboten haben. Ein zartes Männlein mit einem dünnen Kinnbart und leuchtenden blauen Augen kam uns entgegen, bedachte uns schon aus der Entfernung mit einem wohlwollenden Lächeln, blieb dann vor uns stehen und sagte: Gott beschütze Sie. Seine ganze Erscheinung schien einem Märchen entsprungen zu sein, und seine Stimme klang, als sei der Mann berufen, solche Sätze zu sagen, und als sei er nur wegen uns, meines Hundes und mir, gerade in dieser Minute über die sonst menschenleere Pariser Straße gekommen, um uns Gottes Schutz zu empfehlen. Und obwohl ich nicht an Gott glaubte, brannte sich mir diese Begegnung als ein Glücksmoment ein, als etwas, das mich auf eine unerklärliche Weise wirklich beschützen würde.

Es sei schade, sagte ich, dass wir uns alle nicht kannten, als wir jung waren.

Dabei kennen wir uns schon so lange, sagte Sylvie. Und ich sagte, wir sind eben schon lange nicht mehr jung.

Katharina griff entschlossen nach der Weinflasche, füllte alle Gläser nach und forderte, wir sollten jetzt endlich aufhören mit dem defätistischen Gerede. Es ist ein wunderschöner Tag, Eva ist gerade angekommen, wir können alle noch zwanzig Jahre leben, da können wir uns ja erzählen, wer wir in unserer Jugend waren.

Sylvie bot sofort an, ihre Fotoalben vorzuzeigen.

Ich sagte, die Jugend erzählen sei so etwas wie Memoiren schreiben, da lügen alle, davon sei ich überzeugt. Ich jedenfalls könnte auch kein halbes Buch über meine Kindheit schreiben, ohne zu lügen, zu erfinden oder mich auf die Erzählungen von Eltern, Onkel und Tanten zu verlassen.

Ich war noch keinen halben Tag hier und statt, wie ich es mir vorgenommen hatte, Katharinas Alterskommune mit Gefallen oder wenigstens mit Interesse zu beobachten, signalisierte ich meine Abwehr bei jeder sich bietenden Gelegenheit.

Aber wenigstens lenkte das Gespräch über verlogene oder wahrhaftige Memoiren von den eigenen Seelenzuständen ab. Wir waren uns alle einig, dass Canetti sich unmöglich an alles erinnert haben kann, was er in seinen Memoiren erzählt. Johannes Bertram lobte Fontane, der die Erinnerung an seine Kindheit um der erzählerischen Freiheit willen gleich als Roman bezeichnet hätte. Und Memoiren von Politikern wollte niemand von uns lesen, weil sie ohnehin nicht von ihnen selbst geschrieben seien und wir ihnen Wahrheitsgehalt nicht zutrauten. So kam es doch noch zu einem lohnenden Gespräch, besonders als Johannes Bertram uns über die Geschichte der Memoiren von Casanova aufklärte, von dessen zwölfbändiger Ausgabe bei Kiepenheuer er vor mehr als dreißig Jahren drei Bände gelesen hatte, eine Lektüre, die er nur einem Zufall verdankte. Jeder denke bei Casanova nur an den Lüstling, dabei sei er ein Weltreisender gewesen, zudem ein großartiger Schriftsteller, der alle großen Persönlichkeiten seiner Zeit getroffen hätte, darunter Voltaire und zwei Päpste. Das abenteuerliche Leben von Casanova hätte damals großen Eindruck auf ihn gemacht, die Reisen quer durch Europa, Paris, Rom, St. Petersburg, Spanien, überall Skandale, Verbannung, Duelle, die Flucht aus der berüchtigten Bleikammer.

Und ich, sagte er, saß zweihundert Jahre später in meinem Labor, ließ zum zehnten Mal einen Versuch durchlaufen und hatte nicht mehr gesehen als den Hradschin und den Balaton, wie das eben so war damals.

Dass sich Johannes Bertram, den ich für einen eher zurückhaltenden, sogar schüchternen Mann hielt, in seiner Jugend ausgerechnet für Giacomo Casanova begeistert hatte, erstaunte mich. Entweder irrte ich mich in ihm oder er bewunderte gerade das, was er selbst nicht war, vielleicht nicht einmal sein wollte. Ich hätte ihn gern danach gefragt, unterließ es aber, weil er es als taktlos hätte empfinden können. Außerdem stürzten in diesem Augenblick Mary und Michael Jahnke in den Raum, fielen mir nacheinander um den Hals, als wäre ich von einer Weltreise zurückgekehrt.

Sylvie holte die nächste Flasche Wein, und so saßen wir, bis der Schein der untergehenden Sonne durchs Fenster fiel und uns alle mit einem warmen Licht übergoss.

Wenn ich später an diese Minute dachte, verwandelte sich das Sonnenlicht immer in den Widerschein eines zuckenden Feuers. Denn gerade während ich dachte, dass so ein Abendsonnenlicht geheimnisvoll Frieden und Schönheit verbreitete, riss jemand die Tür auf, und Gerlinde Müller rief mit schreckverzerrter Stimme: Notre-Dame brennt. Kommt. Schnell. Notre-Dame brennt.

Sie rannte zurück in die Bibliothek, wo der große Fernsehapparat stand, wir liefen über den langen Flur alle hinter ihr her, starrten stumm auf den Bildschirm, als könnten wir nicht begreifen, was wir sahen. Gewaltige schwarze Rauchschwaden, dahinter, darunter gierige Feuerzungen, die wild um sich leckten, als gehörten sie zu einem zwölfköpfigen Drachen, der sich ins Gebälk verbiss. Nur allmählich fanden wir unsere Stimmen wieder, stöhnten Wörter wie: mein Gott oder du lieber Himmel. Sylvie sagte: Da war ich vor zwei Jahren. Wir holten Stühle und Hocker, saßen im Halbkreis um den Apparat und sahen dem Feuer zu, wie es sich unaufhaltsam fortfraß, den Spitzturm eroberte und auf das Mittelschiff fallen ließ.

Der Brand könnte die Folge von Bauarbeiten am Dachstuhl sein, sagte der Kommentator.

Michael Jahnke oder Johannes Bertram sagte, in Frankreich gäbe es in jedem Jahr tausend Anschläge auf Kirchen.

Niemand von uns glaubte an einen Unfall, an eine brennende Zigarette oder einen Kurzschluss. Seit Jahren wurde Frankreich von Terroranschlägen heimgesucht. Charlie Hebdo, Bataclan, Nizza … Und wenn Notre-Dame brannte, sollte es ein Zufall sein? Das glaubte ich nicht und wollte es auch nicht glauben. Wenn das Wahrzeichen von Frankreich, nein, das Wahrzeichen des europäischen Christentums brannte, durfte es nicht irgendein dämlicher Zufall sein. Es musste mehr bedeuten als menschliche Unzulänglichkeit oder eine defekte Brandschutzanlage. Ich wollte, dass es einen Sinn hat, und wenn es keinen guten gab, dann eben einen bösen.

Amadeus Müller, der bis dahin reglos und schweigend in dem kordelverzierten Ohrensessel zu versinken schien und von dem ich nur den Arm auf der Lehne und das von Gerlinde fest umklammerte Handgelenk sehen konnte, sagte in einem Ton, als würde er Auskunft zur Uhrzeit geben: Da verbrennt gerade ein achthundert Jahre alter Wald, eintausenddreihundert Balken im Dachstuhl, für jeden eine Eiche.

Wenigstens ist es nicht der Louvre, sagte Johannes Bertram.

Der Kommentator verkündete, die Feuerwehr hielte einen Unfall durch die Bauarbeiten für möglich. Es sei bekannt, dass die Arbeiter das Rauchverbot nicht eingehalten hätten wegen des langen Ab- und Aufstiegs.

Und wenn es nun doch Terroristen waren, fragte Mary zaghaft.

Dann würden sie es verheimlichen, sagte Johannes Bertram, weil es sonst einen Bürgerkrieg gibt. Oder Le Pen die Wahl gewinnt.

Jemand hatte den Wein und die Gläser aus dem Raucherzimmer geholt. Im Fernsehen immer die gleichen Bilder, schwarze Rauchschwaden und Flammen. Dann wieder weinende Menschen, der erschütterte Präsident. Später die hoffnungsvolle Botschaft der Feuerwehr: Sie werde den Brand bis zum Morgen löschen können.

Der Präsident versprach, Notre-Dame wieder aufzubauen. Er sah aus wie ein Junge, schmal und bleich. Er sagte so etwas wie: »Notre-Dame – Symbol unser aller Schicksal, aller Franzosen«, oder so ähnlich. Der Dolmetscher war grauenhaft, betonte sinnlos und verschluckte halbe Sätze.

Ich überlegte gerade, was ein Symbol für das Schicksal

aller Deutschen sein könnte, als ausgerechnet Mary, bei der das Wort Nation immer klang, als würde sie es in Anführungszeichen setzen, meinen Gedanken aussprach. Als Buchhändlerin könne sie gar nicht national denken, erklärte sie kategorisch, Literatur kenne keine Grenzen. Und jetzt fragte sie: Was wäre eigentlich unser Notre-Dame. Fällt da jemandem was ein?

Katharina und Johannes Bertram riefen gleichzeitig: Die Frauenkirche.

Jedenfalls für die Dresdener sei die Frauenkirche ihre Notre-Dame, darum hätten sie die auch wieder aufgebaut.

Jeder schlug vor, was ihm gerade einfiel: das Völkerschlachtdenkmal, das Brandenburger Tor, den Kölner Dom, die Münchener Frauenkirche. Ich entschied mich für die Loreley. Aber natürlich wussten wir, dass nichts von allem, was uns noch einfallen könnte, eine Antwort auf Marys Frage sein würde. Die Deutschen hatten kein Notre-Dame. Auch unser Schicksalssymbol stand in Paris, auf das sich nun dieses wilde, tierhafte Element gestürzt hatte, um es zu vernichten.

Amadeus Müller löste sich aus der Umklammerung seiner Frau, erhob sich umständlich aus dem Sessel und lief ziellos im Raum umher, als wollte er so seine Erregung mäßigen. Auch ohne seinen Gehstock hinkte er nur leicht.

Der Kommentator sagte, die Feuerwehr hielte auch einen Kurzschluss für wahrscheinlich.

Die geben sich ja große Mühe, von einem Terroranschlag abzulenken, sagte Michael Jahnke, und Mary, die neben ihm saß, stimmte heftig zu.

Amadeus Müller blieb direkt hinter mir stehen, stieß ein kurzes Lachen aus, das eher wie ein Räuspern klang.

Vielleicht wird das ja eine Aufgabe für zukünftige Althistoriker, sagte er, und manches bleibt auch für immer ein Rätsel, wie die Zerstörung der berühmten Bibliothek von Alexandria; die erste Stätte, an der alles verfügbare Wissen einschließlich der Literatur versammelt war, gewissermaßen die Notre-Dame der Wissenschaft. Bis heute streiten die Gelehrten, ob sie im Jahr 48 vor Christi Geburt von Cäsar oder sechshundert Jahre später von den Arabern niedergebrannt wurde. Aber vermutlich stimmt beides nicht.

Im Film »Cleopatra« war es Cäsar, sagte Sylvie.

Johannes Bertram überraschte mich an diesem Tag zum zweiten Mal, als er sich mit Amadeus Müller in einen längeren Austausch über Quellen der Forschung und den nachweislichen Fortbestand der Bibliothek einließ. Ich hingegen wusste nur, dass es so eine Bibliothek einmal gegeben hatte, aber nichts über ihre Bedeutung und ihren Untergang. Ich nahm mir vor, am nächsten Tag Wikipedia zu konsultieren.

Im Fernsehen liefen immer wieder die Bilder von der brennenden Notre-Dame, und immer wieder sank der brennende Spitzturm auf das Mittelschiff. Den Ton hatten wir abgeschaltet.

Wir saßen bis in die Nacht, nur die Müllers zogen sich früher zurück. Und wir, als könnten wir so den Schock überwinden, erzählten von unseren Erlebnissen in Paris oder von einem Brand, den jemand miterlebt hatte. Sylvie hatte sich in Paris einmal verlobt, aber mit einem

Mann, den sie später nicht geheiratet hat. In dem Dorf, in dem Michael Jahnke aufgewachsen war, hatte ein Blitz den großen Kuhstall getroffen, die meisten Tiere waren verbrannt, und ihr furchtbares Geschrei hat den Leuten noch Jahre später in den Ohren geklungen. Wir sprachen über »Midnight in Paris« und Woody Allen. Ich erzählte, dass ich vor fast fünfzig Jahren, als ich noch Gedichte schrieb, mich so in meine Reimerei vertieft hatte, dass ich es nicht einmal bemerkte, als im Nebenhaus der Dachstuhl brannte, obwohl ich in der vierten Etage wohnte.

Und dann, in einem Augenblick der Stille, sagte Katharina, die den ganzen Abend geschwiegen hatte: Egal, warum es passiert ist, so oder so ist es ein Zeichen.

Später, allein in meinem Zimmer, wo noch die vollen Kisten und Taschen herumstanden, saß ich vor dem offenen Fenster, rauchte eine Zigarette und war froh, dass ich an diesem Abend nicht allein gewesen war, und dass es gleichgültig war, wie nah ich mich Gerlinde Müller oder Michael Jahnke fühlte und was jeder von uns da niederbrennen sah, ein Gotteshaus oder ein profanes Symbol unserer Kultur. Es war tröstlich, dass ich nicht allein auf meinem Sofa gesessen habe mit meinem Entsetzen und den ratlosen Fragen nach dem Wer und Warum.

Durch das Fenster strömte die kühle, nach Frühling duftende Nachtluft, hier brannte nichts, hier war es still. Nicht einmal irgendein Dorfhund bellte einsam durch die Nacht. Nur im Zimmer rechts von mir, wo Sylvie wohnte, rauschte noch einmal die Klospülung. Im Bett, dem einzigen Platz im Raum, der schon seiner Bestimmung gerecht wurde, dachte ich darüber nach, welches

Zeichen der Brand denn sein könnte, wenn es wirklich kein Terroranschlag war. So oder so, hatte Katharina gesagt, sei er ein Zeichen. Und warum wollte ich, dass es ein Anschlag war, damit er eine Bedeutung hat? Und wenn es doch nur Fahrlässigkeit war, ein glühender Zigarettenrest, ein defektes Kabel, wäre das kein Zeichen? Vielleicht war gerade das, die Fahrlässigkeit im Umgang mit dem Symbol von unser aller Schicksal, wie der Präsident gesagt hat, vielleicht lag ja gerade darin die Bedeutung, ohne die man diese sonst vollkommen sinnlose Zerstörung nicht ertragen konnte.

***

3

Am Morgen weckte mich das stolze Krähen eines Hahns, was mich im Erwachen für eine Sekunde verwirrte, bis ich verstand: Ich war in Bossin, und mir gehörte ein Zimmer in einem großen Haus, in das ich nicht hatte einziehen wollen.

Ich duschte und räumte meine Kleidung in Schrank und Kommode. Im Haus war es noch still. Ich hatte Hunger und machte mich auf die Suche nach der Küche, fand sie endlich im Souterrain, zapfte mir an der Kaffeemaschine im Speisesaal einen Cappuccino und zog mich zum Frühstück ins Raucherzimmer zurück. Im Handy suchte ich nach den neuesten Nachrichten zum Brand. Er war gelöscht, das Hauptgebäude war gerettet, sonst hatte sich an den Nachrichten der Nacht nichts geändert. Nach einer Weile hörte ich auf dem Flur die Stimmen der Müllers, deren Wohnung gegenüber vom Raucherzimmer lag, überlegte, ob ich mich zu ihnen gesellen sollte, entschied aber, lieber auf Katharina, Mary oder Johannes Bertram zu warten und inzwischen den Park zu besichtigen mit der kleinen Grabkapelle, von der Katharina so schwärmte und von der man zuerst behauptet hatte, Schinkel hätte sie entworfen, bis der Ruhm des Architekten über Stüler zu einem Stüler-Schüler schrumpfte. Aber sie sieht aus, als hätte sie auch von Schinkel sein können, meinte

Katharina. Der Park war als Rundweg um einen Teich angelegt, die Bäume jetzt im April noch fast kahl und durchscheinend. Die Kapelle lag abseits des Hauptweges auf einer Lichtung, ein roter Backsteinbau, die Gruft für die Särge ebenerdig und mit einem eisernen Gitter verschlossen, darüber der Saal für die Trauerfeier, zu dem eine zweiseitige Treppe führte. Ich drückte auf die Klinke der mittleren von drei kunstvoll verzierten Holztüren, die sich zu meinem Erstaunen tatsächlich öffnen ließ. Ein mattes Licht fiel durch die bleiverglasten Fenster in den Raum, dessen Größe den dörflichen Bedürfnissen angepasst war. Und an der Decke wölbte sich auf blauem Grund ein Sternenhimmel, der wohl den Glauben an die Schinkel'sche Herkunft der Kapelle hatte aufkommen lassen. Nur die neuen Bänke aus hellem, poliertem Holz störten die ehrwürdige Anmutung des Gemäuers. Hier hatten also die ehemaligen Bewohner unseres Hauses ihre Toten geehrt, bis man sie vertrieben hatte. Und nun gehörte das Haus Katharina, weil ihr Vetter seine Pläne damit nicht mehr verwirklichen konnte. Und Sylvie, Mary, Michael Jahnke, die Müllers und Katharina wollten darin bleiben, bis man ihnen unter diesem Sternenhimmel die Totenmesse singen würde.

Ich fror. Am Morgen war es noch kalt. Ich hatte mich von der Sonne täuschen lassen und nur eine leichte Jacke übergezogen. Als ich zurückkam, saßen außer Sylvie alle um den großen Tisch versammelt im Speisesaal, Mary las aus ihrem Laptop die neuesten Berichte über die Löscharbeiten vor, aber die Erregung des Abends war nun, da der Brand gelöscht und noch größeres Unheil nicht zu befürchten war, einer nüchternen, vielleicht auch resignierten Kenntnisnahme gewichen. Selbst die Frage nach den Verursachern der Katastrophe führte nur ins Leere, niemand wusste mehr als gestern. Gerlinde Müller sagte, sie sei in der Nacht aufgewacht und hätte beim Gedanken an den Brand weinen müssen. Die Müllers saßen etwas abseits von den anderen, weil Gerlinde, wie ich später erfuhr, schon vom Anblick des Schinkens, vor allem des Zwiebelmetts, das zu Michael Jahnkes Frühstücksstandard gehörte, übel würde. Nach ihrer Offenbarung, in der Nacht geweint zu haben, sah sie uns erwartungsvoll an, als suche sie in unseren Mienen eine Würdigung ihrer besonderen Empfindsamkeit. Amadeus Müller widmete sich mit einem abwesenden Lächeln seinem Brot, das er sorgfältig mit Käse belegte, und ließ den nächtlichen Gefühlsausbruch seiner Frau unkommentiert.

Als Mary mich fragte, wie ich die erste Nacht in Bossin verbracht hätte, musste ich zugeben, fest und traumlos geschlafen zu haben, bis ein Hahn mich geweckt hätte. Die Dankbarkeit, die ich in der Nacht empfunden hatte, als ich froh war, zu einer gleichfühlenden Gemeinschaft zu gehören, hielt dem kühlen Morgen nicht stand.

Nach einer Woche hatte ich mit Katharinas Hilfe die Gepflogenheiten des Hauses verstanden und war erleichtert, weil es doch nicht zuging wie in einer Jugendherberge. Das Frühstück an meinem ersten Morgen hatte wohl vor allem noch dem gemeinsamen Entsetzen am Abend davor gegolten. Ich frühstückte nun meistens in meinem

Zimmer oder im Raucherzimmer, wo ich oft Mary traf, manchmal auch Johannes Bertram.

Du musst erst mal das Dorf kennenlernen, sagte Katharina, sonst ist es hier auf Dauer langweilig.

An manchen Nachmittagen spazierten wir durch den Ort, und sie erzählte mir zu einigen Häusern Geschichten, bei anderen kannte sie nur die Namen der Bewohner. Der April war ungewöhnlich warm, hier und da hockten Frauen in den Blumenbeeten und befreiten sie von welkem Laub und Geäst. Die Häuser sahen aus, als wären sie erst vor kurzer Zeit gestrichen worden, die meisten weiß oder in Pastellfarben, hier und da ein mutiger Versuch in Orange oder Dunkelrot, manche verborgen hinter hohen, immergrünen Hecken. Die Straßen asphaltiert, nur entlang der Feldsteinmauer, die zu einer Seite den Park begrenzte, war ein Stück vom alten Kopfsteinpflaster geblieben.

Bis 1990 sollen hier die meisten Straßen so gewesen sein, oder Sandwege, in denen bei Regen die Pfützen standen, sagte Katharina.

Warum hat dein Cousin eigentlich ausgerechnet dir das Haus vererbt? Hatte er keine Kinder?

Doch, eine Tochter, aber die lebt in Amerika und will das Haus nicht, nur die Gemälde und ein paar andere Sachen. Und das Geld natürlich. Edwin war sehr wohlhabend. Ja, warum gerade mir? Ich weiß es nicht genau. Vielleicht wegen der Gerechtigkeit. Oder weil ich ihm einmal von unserem Plan erzählt habe, den wir dann wegen der Erben begraben mussten. Das war, als ich ihn das letzte Mal in Hamburg besucht habe, da war er schon krank. Wir saßen im Wintergarten seines Hauses, sahen durch den herbstlichen, nur noch spärlich belaubten Garten auf den Alsterkanal, Edwin schon im Rollstuhl und schwärmte mir von seinem Haus in Bossin vor, an dem er schon seit fünf Jahren baute. Vielleicht hoffte er wirklich, dass er da noch einziehen würde. Ich glaube, an dem Tag habe ich ihm von unserem geplatzten Traum erzählt. Ich und ein paar Freunde haben vor Jahren, als einem die heruntergekommenen Gutshäuser im Osten noch für eine Mark nachgeschmissen wurden, davon geträumt, so ein Ding zu kaufen und wieder bewohnbar zu machen und da später fröhlich dem Ende entgegenzuleben. Wir haben ausgerechnet, wie viel Geld wir auftreiben könnten, wenn alle ihre Immobilien und andere Kostbarkeiten verkaufen würden, und ob wir uns auch einen Gärtner und eine Putzfrau leisten könnten, wenn jeder in eine Gemeinschaftskasse einzahlen würde. Gescheitert ist der Plan an den Erben. Was würde passieren, wenn einer stirbt und die Erben ausbezahlt werden wollen? Dann wäre das ganze schöne Projekt gescheitert. Deshalb haben wir den Plan damals aufgegeben. Edwin und ich waren einander sehr verbunden, jedenfalls in den letzten Jahren wieder. Während unserer Kindheit haben wir oft die Ferien im Haus unserer Großeltern in Travemünde verbracht. Einmal hat er mich geküsst, da war Edwin fünfzehn und ich vierzehn. Wir saßen im alten Ruderkahn unserer Großeltern, plötzlich stand Edwin auf, küsste mich, dann nahm er mich auf den Arm und warf mich ins Wasser. Das war 1961, unser letzter gemeinsamer Sommer, danach haben wir uns viele Jahre nicht gesehen. Edwin lebte in Hamburg, ich in

Ostberlin. Später studierte er in Oxford oder Cambridge, jedenfalls in England. Hin und wieder schrieben wir uns, anfangs Briefe, später nur noch Karten. Edwin hat Karriere gemacht, geheiratet, lebte viel im Ausland. Seine Frau war Amerikanerin, die hat es in Deutschland wohl nicht ausgehalten und ist, als die Tochter groß war, wieder nach New York gezogen. So hat es Edwin jedenfalls erzählt. Erst nach 1990 haben wir uns wieder öfter getroffen, meistens bin ich zu ihm nach Hamburg gefahren. Ja, und dann hat er mir das Haus vererbt.

Eine korpulente Person mit Kopftuch und Schürze, die gerade ihren Hof fegte, winkte schon von weitem und kam an den Zaun.

Tach, Frau Doktor, dem Hansi jehts jut, kann schon wieder richtig laufen mit der Pfote. Aber mit dem Hund von Eggers is was, der frisst wohl nicht. Vielleicht könnten Se mal …, gleich das gelbe Haus um die Ecke.

Katharina versprach, bei Eggers zu klingeln, und stellte uns vor: Eva Paul, wohnt jetzt auch bei uns.

Angenehm, Zupcke, Helga Zupcke, dann is dat Haus ja bald voll. Na, ich bring nachher gleich ein paar Eier vorbei, sagte Frau Zupcke und wandte sich wieder ihrem Besen zu.

Aha, Frau Doktor, sagte ich.

Das hat sich gleich rumgesprochen, erklärte Katharina, weil ich schon in der ersten Woche einen Hund verarztet habe, der dem Nachbarskind ins Fahrrad gelaufen war. Bis zum nächsten Tierarzt sind es zehn Kilometer. Ich hab doch Zeit.

Ja, dachte ich, Zeit haben wir alle, Zeit im Überfluss. Wir leben so lange, dass sogar die Enkelkinder uns nicht mehr brauchen, höchstens noch unser Geld, vorausgesetzt wir haben welches.

Und dein Vetter wollte hier wirklich eine Art Künstlerheim eröffnen?

Ja, wollte er wirklich. Edwin war ein sehr musischer Mensch, er schrieb wundervolle Briefe, las viel und spielte ziemlich gut Klarinette. Aber dann landete er als Marketingchef in einem Chemiekonzern, verdiente viel Geld und reiste um die Welt. Irgendwann, eigentlich nachdem seine Frau und die Tochter nach Amerika gezogen waren, hatte er wohl das Gefühl, die wahre Passion seines Lebens verpasst zu haben und wollte wenigstens die Zeit nach seiner Pensionierung in der Gesellschaft von Künstlern verbringen. Das Haus sollte ein Aufenthaltsort für Künstler werden, die hier in Ruhe ihre Werke vollbringen sollten. Und Edwin hoffte, so doch noch teilhaben zu können an einer Lebensart, die ihm immer verlockend erschienen war, und an einem geistigen Austausch, den er in seinem Berufsleben vermisst hatte. Ja, und dann war es zu spät.

Wir standen vor dem gelben Haus der Eggers, der Hund lag in seinem Zwinger, obwohl die Tür offen stand.

Frau Eggers kam aus dem Haus, ehe wir geklingelt hatten.

Er frisst nischt und hat auch Durchfall, nur noch Wasser, sagte sie.

Katharina hockte sich vor den Hund, der ergeben vor sich hin starrte und nicht einmal den Kopf hob, streichelte behutsam seinen Nacken, tastete den Bauch ab. Der Hund gab einen leisen, klagenden Laut von sich.

Wann hatte er die letzte Wurmkur, fragte Katharina.

Wurmkur? Frau Eggers zuckte mit den Schultern.

Versuchen Sie es mal mit einer Wurmkur, sagte Katharina, gibt es in der Apotheke. Und geben Sie ihm drei Tage nur Katzenfutter, Hunde lieben Katzenfutter. Ich guck dann wieder vorbei.

Es fing an zu regnen, und wir nahmen den kürzesten Weg zurück zum Haus.

Vielleicht mache ich hier eine kleine Praxis auf, sagte Katharina, im Souterrain wäre Platz, nur zwei Sprechstunden in der Woche, am Anfang vielleicht nur eine, drei oder vier Stunden, dann lassen sie vielleicht wenigstens ihre Kater kastrieren.

Als wir zurückkamen, zog ein Geruch nach geschmortem Fleisch aus der Küche im Souterrain durchs Haus, und im Speisesaal spielte jemand Klavier.

Das ist sicher Johannes, sagte Katharina.

Wir öffneten die Tür nur einen Spalt, Johannes bemerkte uns nicht und spielte weiter, Schubert, ein Lied aus der »Winterreise«. Er wirkte entspannt und zugleich konzentriert, wie im Gespräch mit sich selbst. Erst als wir uns an den großen Tisch setzen wollten, sah er auf, unterbrach sein Spiel und fragte, ob er zu laut gewesen sei. Ganz im Gegenteil, beteuerten wir, wir wollten gern ein bisschen zuhören.

Johannes fragte, ob er uns einen Wunsch erfüllen könne, vorausgesetzt er sei nicht zu ausgefallen.

Chopin, sagte ich, die Nocturnes. Und Katharina

wünschte sich »Herz und Mund und Tat und Leben« von Bach.

Das geht, sagte Johannes, Nocturne Opus 9 Nummer 1, das schaffe ich noch.

Der Raum lag in einem fahlen Licht, über Bossin hatte sich eine graue Wolkenfront festgesetzt, aus der ein zarter, fast geräuschloser Regen niederging und sich in dünnen Wasserlinien über die Fenster schlängelte.

Mit den Nocturnes verbanden mich die eher schwermütigen Zeiten in meinem Leben, zerbrochene Lieben oder eine angeborene Traurigkeit, die mich ohne besonderen Anlass überfallen konnte. Und auch jetzt, da wir zu dritt in diesem großen Raum saßen, umgeben von ländlichem Frieden, schlug mein Herz plötzlich so kräftig, dass ich jeden Schlag spürte, als erinnerte die Musik es an andere Stunden, die hohen, kristallenen Töne, die sich gegen den unbeirrbaren, dunklen Rhythmus behaupteten, oder die Verzögerungen, ein höchstes Aufbäumen, wenn man es nicht erwartete. Keine wirklichen Erinnerungen, nur das leise Seufzen einer Person, die ich auch einmal gewesen war und die auf eine geheimnisvolle Weise in mir noch lebte. Vielleicht hatte Katharina ja das mit ihrer Fata Morgana gemeint.

Bachs »Herz und Mund und Tat und Leben« war eine andere Art von Andacht, und mein Herz beruhigte sich wieder.

Johannes lehnte sich zurück und massierte seine Hände, als wollte er ihnen die Steifheit austreiben. So, das war es für heute, sagte er und setzte sich zu uns.

Wie lange spielen Sie schon, fragte ich.

Klavier spiele er, seit er neun war, davor aber Geige. Seine Schwester, die ein Jahr jünger war, durfte Klavier spielen, wofür er sie beneidet, manchmal sogar gehasst hätte. Aber seine Eltern hätten sich nicht erweichen lassen, wahrscheinlich in der Hoffnung auf spätere Hauskonzerte. Bis er eines Tages, nach einer besonders unerfreulichen Geigenstunde, seine Geige auf dem Heimweg kurz entschlossen unter einen Bus geworfen hat. Danach durfte auch er Klavier spielen.

So sind sie, die Kinder vom Weißen Hirsch, sagte Katharina. Meine Eltern haben behauptet, unsere Wohnung sei zu klein für ein Klavier. Ich glaube, sie wollten nur das Geklimper nicht hören. Dafür hatte ich einen Hund.

Was haben Ihre Eltern gemacht, fragte ich Johannes.

Mein Vater war Historiker, frühe Neuzeit, die Mutter Kinderärztin.

Johannes lächelte verlegen, als müsse er sich für seine noble Kindheit auf dem Weißen Hirsch und die Berufe seiner Eltern entschuldigen.

Ich kannte Dresden nur von zwei Besuchen und hatte nicht viel mehr gesehen als den Zwinger, das Grüne Gewölbe, die Elbwiesen mit dem Blauen Wunder und auch die alten Villen auf dem Weißen Hirsch, hatte aber in den letzten Jahren viel über Dresden und seine legendären bildungsbürgerlichen Bewohner der Elbhänge in den Zeitungen gelesen.

Da hatten Sie Glück, sagte ich.

Sie nicht, fragte Johannes.

Jedenfalls kann ich nicht Klavier spielen, sagte ich, was ich bedaure.

Er hätte damals lieber Musik studiert als Physik, erzählte Johannes, aber seine Eltern hätten ihm so lange eine trostlose Zukunft auf Kleinkunstbühnen ausgemalt, bis er aufgegeben hat. An seine Zukunft als ein Rubinstein oder Brendel haben sie nicht geglaubt und hatten auch recht.

Und vielleicht ist es auch richtig, dass man eine so unvollkommene Liebe nicht zum Beruf macht, das erspart einem die Enttäuschung, sagte er.

Ja, das ist wohl so, sagte ich. Ich hätte auch irgendwann eingesehen, dass ich lieber Tagebücher vollschreiben sollte, als den vielen überflüssigen Büchern noch eigene hinzuzufügen, falls sie überhaupt jemand hätte drucken wollen.

Inzwischen hatte der Wind die Wolken auseinandergetrieben, es regnete nicht mehr, und hin und wieder blitzte ein Sonnenstrahl durch den Raum. Katharina öffnete ein Fenster, streckte beide Arme aus und atmete dabei hörbar ein und aus.

Ich kann mich nicht erinnern, dass ich jemals was anderes werden wollte als Tierärztin, sagte sie. Trotzdem hätte ich gern ein Klavier gehabt.

Und ich einen Hund, sagte Johannes, meine Kinder wollten auch einen Hund und haben ihn nicht bekommen, nicht einmal eine Katze, weil ihre Mutter eine Tierhaarallergie hatte, jedenfalls hat sie das behauptet. Meine erste Frau, fügte er in meine Richtung hinzu.

Warum habt ihr hier eigentlich keinen Hund, fragte ich.

Das kläre ich gerade, sagte Katharina, zeigte mit dem

Finger in die Richtung der Müller'schen Wohnung und flüsterte: Gerlinde.

Wir sprachen noch eine Weile über Hunderassen. Ich plädierte für etwas Schnauzerähnliches, Katharina favorisierte den Border Collie wegen seiner Intelligenz, und Johannes Bertram hätte einen Dackel bevorzugt, aber weder er noch ich planten einen dauerhaften Aufenthalt in dem Haus, und darum blieb es beim Border Collie.

***

4

Wenn man auch nicht von einem organisierten kollektiven Leben im Haus sprechen konnte, fanden sich doch zu bestimmten Verrichtungen regelmäßig kleine Gruppen zusammen. Die Frauen trafen sich unter Sylvies Anleitung regelmäßig zur Yogastunde, auch zu Spaziergängen und Radtouren verabredete man sich in wechselnden Gemeinschaften, und bei schönem Wetter widmeten sich Mary, Gerlinde und Michael Jahnke lustvoll dem Garten, wobei Michael Jahnke die groben Arbeiten zugedacht waren. Er schleppte Säcke mit Blumenerde, platzierte die schweren Pflanzkübel und schaffte den Abfall auf den Kompost, während die Frauen die gärtnerische Feinarbeit übernahmen. Gerlinde hatte schon im Jahr zuvor unterhalb der Terrasse einen Steingarten angelegt, den sie mit Hingabe pflegte und ausbesserte, was den Winter nicht überlebt hatte. Sie war die Einzige, die auch schon in Berlin einen Garten gehabt hatte. Mary kümmerte sich um den kleinen Rosengarten und die Staudenbeete, und ich beschränkte mich darauf, die Bemühungen der anderen wortreich zu bewundern. Katharina und Johannes waren für die regelmäßige Auffüllung der Nahrungsmittel zuständig, die aus der Gemeinschaftskasse bezahlt wurden, also Brot, Butter, Milch, Zucker, Mehl und dergleichen. Wir zahlten alle keine Miete, aber natürlich die Kosten für den Unterhalt des Hauses, zu dem auch die Grundversorgung mit Lebensmitteln gehörte. Ich beteiligte mich nur gelegentlich an den gemeinsamen Spaziergängen, versuchte aber, mich hier und da nützlich zu machen, räumte Geschirr ab und die Spülmaschine aus oder kochte ab und zu eine Suppe für alle. Ich hatte nicht den Eindruck, dass meine Zurückhaltung als unangemessen empfunden wurde. Nur Sylvie wollte sich nicht damit abfinden, dass ich ihren Yogakurs ignorierte, sondern erklärte mir alle paar Tage, wie wichtig es gerade im Alter sei, die Gelenke geschmeidig zu halten. Eines Morgens kam sie sogar in mein Zimmer, um mir die Biegsamkeit ihres Körpers vorzuführen. Und ich werde immer geschmeidiger, sagte sie. Das Wort geschmeidig klang dabei in meinen Ohren irgendwie obszön. Auch wenn Sylvie schlank und immer noch von ansehnlicher Gestalt war, signalisierte dieses Wort eine Verlockung, die mir für Frauen unseres Alters unangebracht erschien. Männer kämen sowieso nicht auf die Idee, mit der Bezeichnung »geschmeidig« für sich zu werben. Sylvie und ich hatten uns schon vor zwei oder drei Jahren über Sex im Alter gestritten, den ich für mich auch im Fall sexueller Bedürftigkeit, die ich ohnehin nicht verspürte, ausschloss, was Sylvie so empörte, dass sie mir antiweiblichen Sexismus unterstellte. Auch mein Argument, dass ich anderen dieses Vergnügen durchaus gönnte, nur für mich schon aus ästhetischen Gründen niemals in Anspruch nehmen würde, ließ sie nicht gelten, sondern warf mir weiblichen, von Männern oktroyierten Selbsthass vor. Dabei würde Sylvie sich so wenig als Feministin bezeichnen wie ich. Als wir einmal zufällig gemeinsam eine Politikerin im Fernsehen darüber klagen hörten, dass Frauen in der Gesellschaft unsichtbar blieben, wenn man nicht jeder Bezeichnung von Personen ein -in oder -innen anhängen würde, sagte Sylvie nur: Was, unsichtbar? Selber schuld. Sylvie war nie unsichtbar. Und als sie befürchtete, ihre natürliche Attraktivität könnte mit dem Alter allmählich verblassen, kreierte sie ihre extravagante Eleganz. Während sie vorher vorwiegend Grau und Schwarz getragen hatte, bevorzugte sie nun leuchtende Farben, scheute auch auffällige Muster und gewagte Modelle nicht. Sylvie blieb sichtbar und wurde bewundert, besonders von den jugendlichen Kindern ihrer Freunde, denen Sylvies verwegene Art, dem Alter zu trotzen, offensichtlich imponierte. Eigentlich glaubte ich nicht, dass Sylvie selbst noch ein aktives sexuelles Leben führte. Die meisten Männer, die ich bei ihren großen Geburtstagsfeiern getroffen hatte, kamen mit ihren Frauen oder waren schwul. Sylvie bestand nur auf ihrem Recht, auch mit siebzig Jahren mit einem Mann zu schlafen, so wie sie eben geschmeidig bleiben wollte. Dagegen war nichts einzuwenden, solange ich mich nicht zweimal in der Woche auf einer Yogamatte verrenken musste.

Der Mai hielt nicht, was der von den Wetterexperten als zu warm befundene April versprochen hatte. Es regnete zwar kaum, aber es blieb kühl, und ein bissiger, von keinem Hindernis gebremster Wind fegte über die flache Landschaft. Ich zog mich oft in mein Zimmer zurück und las oder durchsuchte das Internet nach den neuesten Nachrichten. Auch die Zeitung las ich nun online, weil es Zeitungen auch im weiteren Umkreis von Bossin nur im

Supermarkt gab und das Angebot sich auf die *Bild*-Zeitung und das Lokalblatt beschränkte. Obwohl ich mich bislang gesträubt hatte, das Ritual des morgendlichen Blätterns in der Zeitung aufzugeben, erwies sich das Lesen auf dem Laptop sogar als angenehm, denn das Kleingedruckte hatte mich schon seit einiger Zeit angestrengt und meine Augen schnell ermüden lassen, während ich nun Helligkeit und Schriftgröße nach Belieben, also altersgerecht, einrichten konnte.

Beim Ausräumen meiner Berliner Wohnung hatte ich im untersten Fach der Abstellkammer hinter Aktenordnern mit längst verjährten Steuererklärungen einen Karton mit meinen alten Tagebüchern gefunden, von denen ich zwar wusste, dass ich sie irgendwo verwahrt hatte, aber nicht wusste wo, und in denen ich nie wieder gelesen hatte. Ab und zu hatte ich daran gedacht, dass ich sie suchen und vor meinem Ableben unbedingt vernichten sollte, denn allein der Gedanke, meine Tochter oder sogar irgendein mir weniger gewogener Mensch könnte die Banalitäten und Verstiegenheiten lesen, die ich vor Jahrzehnten für wichtig oder sogar für den Ausdruck meiner eigenen Großartigkeit gehalten hatte, beschämte mich. Trotzdem hatte ich den Karton beim Umzug nicht mit dem übrigen Gerümpel entsorgt, sondern ihn mit nach Bossin genommen, wo er nun auf dem Kleiderschrank stand. Mein Bett stand rechts neben dem Fenster, der Kleiderschrank gegenüber links neben der Tür, sodass ich, wenn ich im Bett lag, den Karton sehen musste. Hin und wieder nahm ich mir am Abend vor, am nächsten Tag endlich einen Blick in meine Vergangenheit zu werfen, um es am Morgen auf den Nachmittag, von da auf den Abend und am Ende auf einen unbestimmten anderen Tag zu verschieben. Irgendwann würde meine Neugier größer sein als meine Angst, mich vor mir selbst zu blamieren, dachte ich und ließ den Karton auf dem Schrank.

Ich schrieb schon lange kein Tagebuch mehr, hätte aber nicht sagen können, warum es mich seit langer Zeit nicht mehr gedrängt hatte, mich mit mir auf die Art zu verständigen oder Erlebnisse, die ich für bemerkenswert hielt, aufzuschreiben; ob mein Leben so ereignislos geworden war, oder ob mich die Ereignisse weniger verwirrten, oder ob ich diese Art von Selbstgespräch einfach sinnlos fand, weil ich mir selbst nicht mehr so interessant war. Ich interessierte mich nicht mehr sonderlich für mich, ich wusste inzwischen zu gut über mich Bescheid. Das Interessante und Aufregende in meinem Leben geschah mir nicht mehr einfach nur, weil ich lebte, sondern erst, wenn ich selbst es zum Gegenstand meines Interesses erhob, ein Buch, ein Film, ein Mensch, das Weltgeschehen, der Brand von Notre-Dame. Nur weil ich mich dafür interessierte, war es interessant. Und für mich interessierte ich mich eben nicht mehr besonders, was nicht bedeutete, dass ich nicht regelmäßig zum Friseur ging, auf mein Gewicht achtete und ab und zu meinen Blutdruck kontrollierte. Aber warum beunruhigte mich dann der Karton auf dem Schrank?

Für den Abend hatte ich mich mit Katharina und Sylvie zu einem Spaziergang durch den Park verabredet. Ich wartete vor dem Haus.

Die Luft war so feucht, dass sie in der Beleuchtung über der Eingangstür wie staubfeiner Regen wirbelte. Katharina kam allein, Sylvie sei mal wieder nach Berlin gefahren, sagte sie.

Wir nahmen den Weg, der am Friedhof vorbeiführte. Zwei frische Gräber, überhäuft mit Blumen, leuchteten durch die aufkommende Dunkelheit. Wie immer waren alle Wege geharkt, nirgends ein Fußabdruck, sodass man sich fragte, wie der letzte Besucher den Friedhof wohl verlassen hatte.

Katharina zeigte auf einen Grabstein in der vorderen Reihe: Siehst du, da steht Werner und Helga Zupcke, dabei ist nur der Werner schon tot, und Helga gießt jede Woche einmal die Blumen an ihrem eigenen Grab.

Im dunstigen Zwielicht wirkte der Park mit seinen alten Bäumen und dem wuchernden Gestrüpp größer, als er war. Und geheimnisvoll, vielleicht wegen der direkten Nachbarschaft zum Friedhof.

Manchmal kommt ein Reh, sagte Katharina.

Am Teich begannen die ersten Frösche schon mit dem nächtlichen Gequake. Katharina lief mit kräftigen, ausholenden Schritten, sodass ich schneller gehen musste, als mir lieb war.

Hast du in deinem Leben mal Tagebuch geführt, fragte ich, auch in der Hoffnung, ein Gespräch würde Katharinas Tempo mäßigen.

Nur in der Kindheit, sagte sie, als Bobbi, mein erster Hund gestorben war. Da habe ich fast jeden Tag einen Brief an ihn geschrieben, in so ein Schulheft mit Linien. Lieber Bobbi, und dann habe ich über meine Eltern,

Lehrer und Freundinnen geklagt, alles, was ich ihm sonst erzählt hätte. Bis meine Eltern einen neuen Hund angeschafft haben. Warum fragst du?

Ich erzählte ihr von dem Karton auf dem Schrank und dass ich glaubte, darin verberge sich eine Person, die mir fremd, wahrscheinlich sogar peinlich sei.

Dann schmeiß das Zeug doch einfach weg, sagte Katharina.

Na ja …

Na ja was?

Vielleicht erinnere ich mich ja ganz falsch.

In diesem Augenblick trat am Ende des Weges aus dem Gebüsch wirklich ein Reh, es stand wie ein Monument im dämmrigen Nebel, nein, wie ein Zeichen, ein Gruß von irgendwoher. Wir blieben stehen und hielten fast den Atem an. Ein märchenhafter Zauber hüllte uns ein, nur für Sekunden, bis das Reh lautlos, wie es aufgetaucht war, hinter Bäumen wieder verschwand.

Eine Weile liefen wir schweigend weiter, als könnten wir die Andacht dieser Begegnung noch nachträglich stören. Erst kurz vor dem Haus sagte Katharina: Lies es doch, es ist doch sowieso alles so gewesen. Ist das noch wichtig?

***

5

Im Juni wurde es so heiß, dass in den Zeitungen täglich neue Allzeitrekorde gemeldet wurden. Besonders im Nordosten, also auch bei uns in Bossin, schien die Sonne länger als in allen Jahren davor. Die Gästezimmer im Souterrain waren nun oft belegt, an manchen Wochenenden mussten sich einige Besucher sogar im Schwarzen Schwan einmieten. Wenn die Müller'sche Familienhorde einbrach, war es schwer, im Garten noch einen ruhigen Platz zu finden. Die Müllers hatten zwei Töchter und einen Sohn, die entgegen allen Statistiken für den Fortbestand der nächsten rentenzahlenden Generation gesorgt hatten, sodass, wenn die ganze Familie sich versammelte, was aber erst einmal vorgekommen war, acht Erwachsene und acht Kinder im Alter von zwölf bis noch nicht einmal einem Jahr die Wiese vor dem Haus belagerten. Es handelte sich, wie wir später erfuhren, um eine Überraschung zum 68. Geburtstag von Amadeus, den er eigentlich ignorieren wollte.

Mary hatte an diesem Sontag wieder einmal Besuch von ihrem Sohn, den irgendein Geheimnis umgab, über das sie aber nicht sprach, und mit dem sie sich meistens zurückzog. Katharina und Sylvie hatte ich in Begleitung einer Frau, deren elegante Erscheinung durch einen weißen Königspudel komplettiert wurde, auf dem Weg in den Park gesehen. Ich saß allein auf der Terrasse mit einer Weißweinschorle und unbestimmten Gefühlen angesichts des Sittengemäldes, das die Familie Müller auf dem ehemals herrschaftlichen Rasen bot und mich an Bilder französischer Impressionisten erinnerte. Alle waren sommerlich festlich gekleidet, die Frauen, auch die Mädchen in hellen, luftigen Gewändern, die über die Wade oder bis an die Knöchel reichten, nur Gerlinde hatte sich für ein dunkelblaues Seidenkleid entschieden, alle Männer trugen weiße Hemden, allerdings mit aufgerollten Ärmeln und ohne Krawatte; eine Szene wie aus einer vergangenen Zeit. Leider konnte ich nicht verstehen, worüber gesprochen wurde und was Ursache des Gelächters war, das hin und wieder an der blumengeschmückten Tafel da unten ausbrach. Ich überlegte, ob ich mir eine zweite Schorle genehmigen oder meinen Beobachterposten besser räumen sollte, als Johannes Bertram mit einer Flasche Wein in der Hand die Terrasse betrat. Wir waren wohl beide froh, einander zu treffen, wie zwei Patienten auf einer Krankenstation, die als Einzige am Sonntag von niemandem besucht wurden und sich gegenseitig aus dieser peinlichen Einsamkeit befreiten. Johannes setzte sich mit einem kleinen Seufzen mir gegenüber, streckte die Beine von sich und warf einen langen Blick auf die Müller'sche Familienidylle. Schön, sagte er und, als müsse er sich selbst überzeugen, noch einmal: wirklich schön.

Ich sagte, ich schwankte noch zwischen Neid und dem Gegenteil davon.

Gönnen, Wohlwollen, sagte Johannes.

Nein, wie nennt man es, wenn man froh ist, etwas nicht zu haben?

Erleichterung, Zufriedenheit?

So ungefähr, ich schwanke zwischen Neid und Zufriedenheit, sagte ich. Ich bin ein Einzelkind, habe auch selbst nur ein Kind. Aber ich hätte gern einen großen Bruder gehabt.

Johannes lachte. Ein paradoxer Wunsch. Er hätte sich immer eine große Familie gewünscht, wenigstens drei Kinder, es seien nur zwei geworden, eine Tochter und ein Sohn, beide inzwischen auch fast vierzig Jahre alt.

Ich konnte mir Johannes als sanften Vorstand einer Familie gut vorstellen, nur passte das nicht zu der Geschichte, die Katharina mir von seiner viel jüngeren Frau und deren Affäre mit dem bulgarischen Arzt erzählt hatte.

Die Geburtstagsgesellschaft auf der Wiese geriet in Bewegung. Die Erwachsenen standen auf, außer Amadeus, der das Baby auf dem Schoß hielt, die Kinder wurden herbeigerufen, Gerlinde hob die Arme und gab der linken Tischseite das Zeichen zum Einsatz, dann sangen sie: »Viel Glück und viel Segen« …, aber auf Lateinisch, wie es sich für Amadeus, den Althistoriker, gehörte. »Sis felix et hilaris, ubicumque versaris« – Einsatz für die rechte Seite: »Sis felix et hilaris, ubicumque versaris et bonae valetudinis in cunctis viis«! Gelächter, Applaus, Gerlinde umarmte die Kinder.

Perfekt, sagte Johannes und klatschte lautlos in die Hände.

Und so ging es bei Ihnen auch zu? fragte ich.

So ähnlich, allerdings auf Deutsch, sagte er, jedenfalls bis zum Tod meiner Frau.

Er schwieg eine Weile, aber dann, unter dem Einfluss des Weins oder der Hitze und beeindruckt von der Müller'schen Darbietung, sprach er doch weiter, anfangs zögerlich, als wollte er dem gerade gesprochenen Satz keinen anderen mehr folgen lassen, bis er den Widerstand aufgab und ich doch noch erfuhr, wie es dazu gekommen war, dass der Familienvater Johannes Bertram aus seinem Haus am Dresdener Elbhang ausgezogen war und, wenn auch nur vorübergehend, ein Zimmer im alten Gutshaus von Bossin bezogen hatte.

Seine erste Frau Isolde, eine Freundin seiner Schwester, war seine Jugendliebe. Er war neunzehn, als er sich in sie verliebte, und es dauerte einige Jahre, ehe sie zusammenfanden. Er studierte Physik, sie Germanistik, nach dem Studium heirateten sie, die Kinder wurden im Abstand von drei Jahren geboren, sie wohnten sehr beengt und zogen nach dem Tod seines Vaters in das Haus zur Mutter, das Haus war zu groß für sie allein. Er schließe nicht aus, sagte er, dass das schicksalhafte Ende seine Erinnerung gereinigt habe von den Alltagsquerelen oder auch ernsten Zerwürfnissen. Ihr Leben, ihre Freunde, ihre Rituale seien wie eine Burg gewesen, zuerst gegen die sozialistischen Zumutungen und danach in den Wirrnissen des Umbruchs, als Isolde ihre Arbeit verlor und auch sein Institut von der Auflösung bedroht war. Das alles hätten sie überstanden. Isolde schrieb nun Rezensionen für eine der neuen Zeitungen, sein Institut bestand weiter, sie reisten, nach Rom, Paris, Sizilien, Dublin, an Orte, von denen sie bis dahin nur gelesen oder geträumt hatten. Die Kinder wurden erwachsen, der Sohn zog als Erster aus, die Tochter zwei Jahre später, beide studierten, er Philosophie in Erlangen, sie Kunst in Berlin. Und dann wurde Isolde krank, Bauchspeicheldrüsenkrebs, die ungerechteste Krankheit, die sich denken ließ, sagte Johannes, sie hat kaum getrunken, nicht geraucht, sie hatte eine lächerliche Abneigung gegen Medikamente. Und dann Bauchspeicheldrüsenkrebs, Lebenserwartung fünf oder noch sechs Monate. Eine Nachbarin, Thea, mit der Isolde sich ein wenig angefreundet hatte und deren Mann zwei Jahre zuvor an Krebs gestorben war, kam öfter vorbei, um zu helfen oder Isolde Gesellschaft zu leisten. Und oft, wenn Isolde schlief, saß er mit Thea noch bei einem Glas Wein in der Küche. Sie sprachen über die Ohnmacht und den Schmerz, in die das Unabwendbare ihn gestürzt hatte und was sie, Thea, ebenso erlitten hatte. Zu ihr konnte er sprechen wie zu niemandem sonst in diesen Monaten. Den Kindern gegenüber hatte er sich Beherrschung auferlegt, aber Thea konnte er seine Verzweiflung zumuten, er konnte klagen, sogar weinen, sie hatte das ja alles bis zu Ende selbst erlebt. Er war dankbar für ihre Nähe, auch danach, nach Isoldes Tod. Sie half ihm, die Dumpfheit seiner Trauer zu überwinden, überredete ihn zu Spaziergängen oder Kinobesuchen oder lud ihn hin und wieder zum Essen ein. Allmählich gehörte sie zu seinem Leben, und mit der Zeit hätte er sich ein Leben ohne Thea nicht mehr vorstellen wollen, sagte Johannes und sah mich dabei an, als suche er in meinen Augen nach Verständnis oder Missbilligung.

Na ja, sagte ich, aber jetzt sind Sie hier.

Allerdings, sagte Johannes und schickte ein kurzes, verunglücktes Lachen hinterher. Er goss uns von dem Wein nach, der inzwischen zu warm geworden war, und blickte ziellos in die Landschaft. Die nachmittägliche Sonne blinkte durch das noch zarte Blattwerk der Birken, die Müllers räumten schon ihre Festtafel ab. Gerlinde winkte uns zu, während sie mit der anderen Hand das weiße Tischtuch abzog.

Ich dachte über Johannes und seine Thea nach, eigentlich vor allem über Thea. Warum suchte sich eine Frau, die zwei Jahre zuvor gerade einen Mann begraben musste, einen viel älteren Mann, der mit einiger Wahrscheinlichkeit vor ihr sterben würde? Sylvies nüchterner Kommentar wäre wahrscheinlich: Es hat sich wohl kein jüngerer gefunden.

Seine Kinder, sagte Johannes, hätten Thea von Anfang an nicht gemocht. Aber falls sie jetzt triumphierten, zeigten sie es ihm wenigstens nicht.

Mir ging es wie Johannes' Kindern, was natürlich ungerecht war, weil ich Thea überhaupt nicht kannte und ihr trotzdem unterstellte, sie hätte mit ihrer nachbarschaftlichen Hilfsbereitschaft von Anfang an selbstsüchtige Ziele verfolgt. Ich hatte sofort ein Bild von ihr im Kopf, und das glich meiner ehemaligen Freundin B., die kurz nach meiner Scheidung dreimal in der Woche bei meinem ehemaligen Ehemann angerufen oder sogar vor der Tür gestanden hatte, weil sie sich mit ihm über irgendeine wissenschaftliche Frage austauschen wollte oder weil ihr Computer nicht funktionierte oder weil sie zu viel Gulasch gekocht hatte und ihm den Rest vorbeibrachte. Und ein Freund von mir, dessen Frau an Leukämie gestorben war, wäre fast zum Frauenverächter geworden, weil er sich, kaum dass seine Frau begraben war, vor bedrängenden Avancen von Frauen, die er bis dahin für ihre Klugheit und Souveränität bewundert hatte, nicht retten konnte.

Auf meine Frage, wie lange sein Glück oder Unglück mit Thea denn gedauert hätte, konnte Johannes nicht mehr antworten, weil plötzlich Sylvie und Katharina mit dem aufgeregten Pudel vor uns standen.

Das sei Pablo, ein ehemaliger Patient von ihr, erklärte Katharina, er würde für einige Wochen bei uns bleiben, seine Besitzerin könne sich in der nächsten Zeit nicht um ihn kümmern. Sie strich dem Hund tröstend über das krause Fell. Es ist etwas Ernstes, sagte sie.

Ich befürchtete, dass gleich wieder das Wort fallen würde, das ich an diesem Nachmittag nicht noch einmal hören wollte. Ich wollte weder von einem Bauchspeicheldrüsen- oder irgendeinem anderen Krebs etwas wissen. Ich hatte die elegante Frau auch nur von hinten gesehen. Sie sei schon abgefahren, sagte Katharina. Und nun hatten wir einen Hund, keinen Dackel, keinen Schnauzer, keinen Border Collie, sondern einen Pudel.

Schade, dass er nicht wenigstens schwarz ist, sagte ich.

Johannes zog sich bald zurück, er hätte noch Briefe zu schreiben, sagte er, und so erfuhr ich an diesem Tag nicht mehr, wie es Johannes mit Thea ergangen war. Sylvie, Katharina und ich unternahmen noch einen Spaziergang durchs Dorf mit unserem prächtigen Pudel, der bestaunt wurde wie ein Einhorn. Außer dem Jäger hatte hier niemand einen reinrassigen Hund, schon gar nicht einen weißen Königspudel.

Helga Zupcke, die am Gartenzaun gerade mit einer anderen Frau plauderte, rief: Da habt ihr euch ja wat Feines angeschafft. Nachdem Katharina sie über die Umstände von Pablos Anwesenheit aufgeklärt hatte, sah sie mitleidig auf ihn herab, und in ihrer Stimme klang durch das Bedauern eine nicht überhörbare Genugtuung.

Ja, da nutzt ihm nun seine janze Schönheit nischt, sagte sie.

Ich überlegte, ob sie über Katharinas Vetter, nachdem er gestorben war, ähnlich gesprochen hatte: Da hat ihm nun sein janzer Reichtum nischt jenutzt, wird sie vielleicht gesagt haben. Vor Gott sind alle Menschen gleich, bedeutet nichts anderes, klingt aber barmherziger.

Am Abend, allein in meinem Zimmer, suchte ich bei Netflix nach einem Film, der meiner Gemütslage entsprach, spielte einige Filme an und brach sie wieder ab. Ich war mir wohl meiner Gemütslage selbst nicht sicher. Vielleicht sollte ich einen Brief schreiben wie Johannes, aber an wen? Ich zählte die Namen von Menschen auf, die mir so nahestanden, dass sie sich nicht wundern müssten, von mir einen Brief zu bekommen, in dem ich von der unbestimmten Seelenlage berichtete, in die mein ländlicher Aufenthalt in einer Alterskommune mich zunehmend versetzte. Von allen Namen, die mir einfielen, wäre nur Philipp ein denkbarer Adressat gewesen, aber Philipp war tot. Acht Jahre, bevor er starb, hatte ich ihn verlassen, heimtückisch davongeschlichen hatte ich mich, weil ich es nicht fertiggebracht hatte zu sagen, dass ich seinen Suff nicht mehr ertragen konnte, dass mich die Batterien von Bierflaschen und die überall herumliegenden Kronkorken anwiderten, dass ich mich schämte für unsere vergammelten Wochenenden, wenn er morgens um vier in der Küche das letzte oder das erste Bier trank und dann den halben Tag verschlief, dass ich fürchtete, selbst zur Säuferin zu werden, wenn ich nicht das Weite suchte. Ich ließ mich für zwei Jahre an einen anderen Sender versetzen und war einfach weg. Ich habe Philipp immer vermisst. Er war der intelligenteste, geistreichste, humorvollste Mann, mit dem ich es in meinem Leben zu tun hatte, der anscheinend die zehnfache Menge an Hirnzellen unter dem Schädel hatte, als er mit seinem Suff vernichten konnte. Unsere Ehe hielt fast zehn Jahre. Mit der Zeit trank er immer mehr oder vertrug es schlechter oder ich vertrug es schlechter, das Trinken und Philipps Spleen, Zeit und Geld nur noch in Bier umzurechnen. Zeit, in der nicht getrunken wurde, war vertane Zeit; Geld, das nicht für Bier ausgegeben wurde, war verschwendetes Geld. Irgendwann war das kein Scherz mehr. Am Ende haben die grauen Zellen dann doch nicht gereicht. Ein paarmal habe ich ihn noch in seinem Pflegeheim besucht, er hat mir das Schubfach voller CDs mit dem Gesamtwerk von Bach gezeigt und das Türschild unserer gemeinsamen Wohnung mit seinem und meinem Namen. An manchen Tagen hat er mich zehnmal oder auch zwanzigmal angerufen, weil er vergessen hatte, dass er schon neunmal oder neunzehnmal angerufen hatte. Er war schon tot, bevor er starb. Wenn ich an Philipp dachte, dann an den Philipp der guten Jahre, den ich immer noch vermisste und dem ich jetzt gern einen Brief geschrieben hätte, wenn er noch lebte. Ich hätte ihm erzählt, wie alt ich mich fühlte, seit ich hier jeden Tag nur Menschen um mich hatte, die so alt waren wie ich, obwohl es doch auch eine Erleichterung sein könnte, nicht ständig mit der Jugend konkurrieren zu müssen. Stattdessen sah ich in die Gesichter der anderen wie in einen Spiegel und dachte: Ach ja, so alt bist du auch. Während ich früher, in der Stadt, wenn ich meine ähnlich alten Freunde traf, in ihnen Verbündete auch im Alter gesehen hatte, empfand ich dieses Bündnis hier eher als etwas, das nur noch das Alter gelten ließ, als läge alles, was wir sonst noch waren, endgültig hinter uns. Und obwohl mich das bedrückte, lag darin zugleich eine Erleichterung. Mit jeder Woche in Bossin entrückte ich dem allgemeinen Palaver über die zunehmende Kriminalität, diesen oder jenen Extremismus, die verheerende Wirkung der sozialen Medien oder auch nur über ein empörendes Buch ein Stück weiter. Nicht, dass es mich nicht mehr interessierte, aber ich sah es wie aus der Ferne oder als würde ich vom falschen Ende durch ein Fernglas blicken. Es war nicht mehr mein Leben, das da heraufzog. Du weißt ja, hätte ich Philipp geschrieben, dass ich nie zur Naturschwärmerei geneigt habe, und jetzt kann mich die Begegnung mit einem Reh in einem nebelverhangenen Park bis tief ins Herz berühren, ein sanfter Regen tröstet mich oder ich sitze morgens um vier am Fenster und warte auf den Sonnenaufgang. Kannst Du Dir das vorstellen? Das hätte ich Phillip vielleicht geschrieben, aber Philipp war tot.

***

6

Wie erwartet gab es Ärger wegen Pablo. Gerlinde verlangte, dass der Hund wegen ihrer Tierhaarallergie außerhalb des Hauses bleiben müsse und ließ sich auch durch Katharinas Beteuerungen nicht beschwichtigen, dass Pudel nicht haarten und deshalb für Allergiker ausdrücklich empfohlen würde und dass Pablo ohnehin nach einigen Wochen wieder abreisen würde. Warum der Streit aber derart ausartete, konnte sich später niemand mehr erklären. Von Haustieren sei niemals die Rede gewesen, sonst wären sie hier gar nicht eingezogen, erklärte Gerlinde, und Katharina sagte, sie sei nun einmal Tierärztin und dieser Hund ihr Patient, worauf Gerlinde sagte, sie sei aber nicht in eine Tierarztpraxis eingezogen. So ging das noch eine Weile hin und her, bis Katharina Gerlinde einige Sekunden stumm ansah und dann den Satz aussprach, den sie nie hatte aussprechen wollen, weshalb sie auch auf die komfortable Wohnung verzichtet hatte, in der jetzt die Müllers wohnten: Das ist mein Haus, sagte sie, worauf Gerlindes Gesicht zuerst rot anlief und, nachdem sie einige lange Sekunden wortlos Katharina angestarrt hatte, wieder erbleichte. Sylvie versuchte noch zu vermitteln. Wir alle würden doch auch klaglos ihre entzückenden Enkelkinder an jedem Wochenende ertragen. Später behauptete Gerlinde, Sylvie hätte von verrückten Enkelkindern gesprochen, was schon deshalb unsinnig war, weil an diesen wohlerzogenen Kindern absolut nichts verrückt war. Jedenfalls schlug Sylvies Bemühung fehl, Gerlinde drehte sich wortlos um und lief mit steifem Kreuz und eng angewinkelten Armen in Richtung ihrer Wohnung. Die einzigen Zeugen dieses Auftritts waren Sylvie und ich, aber natürlich erfuhren auch die anderen davon, und obwohl bis dahin niemand etwas gegen Pablos Aufenthalt im Haus vorgebracht hatte, führte dieses Ereignis zu der ersten ernsthaften Missstimmung, die ich in Bossin miterlebt habe. Dabei ging es nicht um den Hund, es ging um das Haus, um Katharinas Haus. Alle wussten, dass das Haus ihr gehörte, aber sie selbst war bis zu diesem Tag bemüht gewesen, diesem Umstand jede Bedeutung zu nehmen. Jeder, der hier wohnte, sollte sich als Eigentümer fühlen dürfen, nur darum hatte Katharina auf die Müller'sche Wohnung verzichtet. Sonst gerät von Anfang an alles in Schieflage, hatte sie gesagt. Und nun dieser Satz, der nicht zurückzunehmen war: Das ist mein Haus. Er passte nicht zu der großherzigen Haus-Idee, schon gar nicht passte er zu Katharina. Und wahrscheinlich hätte sie ihn nie ausgesprochen, wäre es nicht um Pablo, ihren Patienten, gegangen, und hätte Gerlinde sich nicht so unerbittlich aufgeführt. Ich verstand nicht, warum danach alle, sogar Sylvie, vor allem aber Mary und Michael Jahnke, über Katharinas Satz diskutierten und nicht über Gerlindes eigenmächtige Hausordnung.

An diesem Abend blieben die Müllers in ihrer Wohnung, und Katharina war mit Pablo unterwegs. Mary und Michael Jahnke traf ich in der Bibliothek pünktlich zur Tagesschau, in der es wieder einmal um die außergewöhnlichen Temperaturen ging und die voraussichtlichen Ernteverluste wegen der Trockenheit. Michael Jahnke meinte, das sei wirklich bedrohlich, sein Mann hätte das schon vor Jahren gesagt.

Zum Glück wird es hier auf dem Land wenigstens in den Nächten kühl, sagte Mary und sah mich dabei an, als sei ich ihr eine Antwort schuldig. Auch in ihrer Stimme schwang ein Vorwurf oder etwas Herausforderndes mit. Da sie mich ja nicht für das Wetter verantwortlich machen konnte, ging es also um unseren Aufenthalt hier auf dem Land, also um das Haus, also um Katharina. Und dann, als ich nicht antwortete, sprach sie es aus: Den Satz hätte sie nicht sagen dürfen, sagte Mary.

Obwohl ich selbst erschrocken gewesen war, als Katharina diesen Satz Gerlinde wie einen Gegenstand an den Kopf oder wie einen Fehdehandschuh vor die Füße geworfen hatte, bezweifelte ich nicht ihr Recht, ihn auszusprechen.

Warum, fragte ich, ist er falsch?

Natürlich ist es ihr Haus, trotzdem ist der Satz falsch. Der betrifft uns schließlich alle. Plötzlich sind wir nur noch Gäste. Bis vor ein paar Stunden habe ich mich gefühlt, als würde das Haus auch mir gehören.

Michael Jahnke sagte, er empfinde es wie Mary, jetzt gebe es eine Art Zweiklassengesellschaft, wobei die eine Klasse allerdings nur aus Katharina bestehe.

So schnell geriet man also in einen Klassenkampf. Ich schlug vor, in den Rauchersalon umzuziehen, um das schwierige Gespräch bei einem Glas Wein und einer

Zigarette fortzuführen. Michael Jahnke hatte ich vor meinem Aufenthalt in Bossin nur ein paarmal auf Sylvies Geburtstagen getroffen und ihn eigentlich nur als den Begleiter seines Freundes wahrgenommen. Die beiden betrieben eine kleine Galerie für russische Kunst in Charlottenburg, wobei Michael wohl vor allem für die handwerklichen und buchhalterischen Belange zuständig war. Der Kunstverständige war sein Freund und späterer Ehemann Norbert, mit dem Sylvie schon befreundet gewesen war, als Norberts Liebesleben sich noch als unstete Folge von Affären gestaltete. Bis eines Tages Michael Jahnke auftauchte, ein nicht mehr junger, aber jünglingshaft wirkender Mann von schmaler Gestalt, der sich unauffällig in unsere Gesellschaft einfügte. Fast immer, wenn man mit ihm sprach, lag das gleiche höfliche oder unsichere Lächeln auf seinem Gesicht. Ich hielt ihn für ein bisschen einfältig, aber vielleicht war es gerade das, was ihn für den schwärmerischen, zur Exzentrik neigenden Norbert zum idealen Partner gemacht hatte. Und dann war Norbert plötzlich gestorben. Eigentlich hatte ich mir über Michael nie Gedanken gemacht, er gehörte eben zu Norbert, und es war meistens so, dass mich von einem Paar nur ein Teil interessierte. In Bossin, schien mir, hatte Michael seine Unsicherheit verloren. Hier ging es oft ums Alltägliche, um organisatorische und handwerkliche Fähigkeiten, die Michael nun nicht mehr nur für Norbert, sondern für uns alle einsetzte und ihm so eine Bedeutung zuwuchs, die ihm bei unseren städtischen Treffen mit Diskussionen über Kunst oder Politik verwehrt geblieben war. Vielleicht war es ja diese frühere

Kränkung, die ihm jetzt das Wort Zweiklassengesellschaft eingegeben hatte.

Mary nahm eine Flasche Wein aus dem kleinen Kühlschrank, den wir im Sonderangebot von Penny extra für den Rauchersalon gekauft hatten, ich stellte Gläser und Aschenbecher auf den Tisch, Michael schloss die Fenster wegen der Mücken.

Ich fragte, wie er auf die Zweiklassengesellschaft komme. Wir hätten doch alle immer gewusst, dass Katharina das Haus gehört.

Sie hat es aber bisher nie ausgespielt, sagte Michael.

Und jetzt hat sie es ausgespielt, weil sie sich von Gerlinde nicht verbieten lassen wollte, für ein paar Wochen einen Hund, der nicht haart, ins Haus zu holen? Michael und ich saßen am Tisch einander gegenüber, Mary hockte mit angezogenen Beinen auf dem kleinen Sofa zwischen den Fenstern, als wollte sie mit dieser demonstrierten Gemütlichkeit die Situation entschärfen.

Dass sie sich von Gerlinde den Hund nicht verbieten lassen wollte, verstehe ich, sagte Mary in versöhnlichem Ton, aber sie hätte diesen Satz nicht sagen dürfen. Der trifft schließlich uns alle.

Ich fragte, was sie, Mary, denn gesagt hätte, wenn ein Kunde ihr verboten hätte, den Hund eines Stammkunden in ihren Buchladen zu lassen.

Ja, sicher hätte sie dem auch gesagt: Das ist mein Laden. Aber das ließe sich nicht vergleichen, weil der Kunde sein Buch auch in einem anderen Laden kaufen könnte, während wir keine Wahl hätten, sondern …

Das ist es eben, wir haben keine Wahl, fiel Michael

Mary ins Wort. Über den Umgang mit Haustieren kann Katharina nicht allein entscheiden, nur weil ihr das Haus gehört, das muss eine kollektive Entscheidung sein, sagte er in einem Ton, als säße er in einem Parlament oder wenigstens in einem Gemeinderat und nicht in unserem Rauchersalon.

Irgendetwas rumorte in den beiden, ich verstand nur nicht was, zumal beide beteuerten, nichts gegen Pablos Anwesenheit zu haben, nur wollten sie grundsätzlich in derartigen Angelegenheiten befragt werden.

Auf meine Frage, ob Katharina ihnen bisher irgendetwas vorgeschrieben oder verboten hätte, kam von beiden ein kleinlautes Nein.

Aber wenn so ein Satz erst mal gefallen ist, Mary wiegte vielsagend ihren Kopf, sprach aber nicht weiter, und Michael Jahnke bestätigte das mit einem entschiedenen: Eben.

Ihr seid doch verrückt, sagte ich, schließlich hat Gerlinde, der das Haus nicht gehört, Katharina etwas verbieten wollen und nicht umgekehrt. Warum seid ihr nicht wütend auf Gerlinde? Nur weil ihr das Haus nicht gehört?

Eine Weile schwiegen wir alle drei, ich zündete mir eine Zigarette an, Mary griff nach ihrem Weinglas, Michael suchte etwas im Schrank, fand es aber nicht.

Ich dachte, da sind noch Erdnüsse, sagte er.

Es war ein blödsinniges Gespräch. Vielleicht flammte ja in Mary die Erinnerung an ihre jugendlichen Verirrungen in irgendeiner revolutionären Zelle oder K-Gruppe auf, und wer weiß, welche Verletzungen der schwule Bauernsohn Michael Jahnke in der Jugend davongetragen hatte, dass er in Katharina plötzlich eine bedrohliche Gutsherrin sehen wollte. Hätten nicht plötzlich Sylvie und Johannes in der Tür gestanden, wäre ich vielleicht einfach aufgestanden und hätte die beiden mit ihrem Groll allein gelassen.

Warum sitzt ihr hier drin? Draußen ist es jetzt schön kühl. Wir haben euch schon gesucht, rief Sylvie und forderte mit einer entschiedenen Geste unseren Aufbruch. Wie sie in ihrer cremefarbenen Seidenbluse mit den weiten Ärmeln so elegant am Türrahmen lehnte, sah sie im mildtätigen Abendlicht fast jugendlich aus.

Oder ob wir die Diskretion eines abgeschlossenen Raumes benötigten, fragte Johannes.

Hier herrscht gerade Klassenkampf, kommt rein, sagte ich.

Ach, Katharinas Satz, ich ahne es. Sylvie stöhnte und schloss die Tür.

Ich fasste den Stand der Diskussion kurz zusammen, warum Michael Jahnke sich deklassiert und Mary sich enteignet fühlte und warum Michael darum kollektive Entscheidungen forderte.

Johannes lachte, als hätte er gerade einen guten Witz gehört.

Das ist nicht euer Ernst, sagte er und sah dabei mich an.

Meiner nicht, sagte ich.

Johannes goss sich ein Glas Wein ein und setzte sich neben mich. Sylvie stand noch unschlüssig neben der Tür, als wollte sie schnell wieder verschwinden.

Besonders klug sei der Satz auch nicht gewesen, sagte sie, sie hätte gleich gedacht, dass es deshalb Ärger gibt.

Michael Jahnke, den Johannes' spontanes Gelächter zunächst etwas eingeschüchtert hatte, fühlte sich durch Sylvie offenbar wieder ermutigt. Vielleicht wäre es besser gewesen, man hätte aus dem ganzen Unternehmen eine Stiftung gemacht, sagte er.

Und warum hätte Katharina das tun sollen, fragte Johannes.

Michael starrte eine Weile vor sich hin, bis ihm endlich ein Grund einfiel, warum Katharina ihr Haus in eine Stiftung hätte umwandeln sollen. Ihr sei das Haus ja schließlich auch nur vererbt, also geschenkt worden, sagte er.

Nun kommen wir ja in ganz gefährliches Fahrwasser, sagte Johannes, richtete sich in seinem Sessel, in dem er bis dahin entspannt gelehnt hatte, mit gestrecktem Rücken auf, stützte sich mit den Händen auf seine Knie und wirkte so streitlustig, wie ich es ihm nicht zugetraut hatte. Sie meinen also, dass einem Geschenktes oder Vererbtes eigentlich nicht gehört?

Sogar Mary protestierte, und Sylvie sagte, Michael hätte von Norbert doch wohl auch einiges geerbt und nicht mit uns allen geteilt.

Über Michaels Gesicht zuckte sein altes unsicheres Lächeln. So grundsätzlich hätte er das nicht gemeint, nur hier, wir seien doch eine Gemeinschaft, also nur wegen der Gerechtigkeit, man sehe ja, zu welchen Konflikte es führen könne …

Ich wartete nur noch auf das Wort Gleichheit. Und dann sagte er es wirklich: In so einem Haus müsse schließlich die Gleichheit aller Bewohner gelten.

Obwohl ich dieses Schauspiel eines eskalierenden Sozialkonflikts mit Interesse angehört hatte, hielt ich es für angebracht, Michael Jahnke vor seiner endgültigen Selbstentblößung zu bewahren. Was immer es war, das ihn gerade zu seinem Gerechtigkeitskampf antrieb, Katharinas Satz allein konnte es nicht sein. Vielleicht ahnte er ja, dass er es nur Sylvies großem Herzen und ihrem Mitleid zu verdanken hatte, als sie ihn auch nach Norberts Tod wie selbstverständlich in ihren Freundeskreis eingeschlossen hatte, und dass er überhaupt nur darum in das Haus hatte einziehen können. Und vielleicht wusste er auch, dass er für uns vor allem immer nur Norberts Freund gewesen war und dass ich mich für ihn nie sonderlich interessiert hatte. Und jetzt endlich bot ihm Katharinas Satz die Chance, nach Gleichheit und Gerechtigkeit zu verlangen.

Michael, sagte ich in einem so warmherzigen Ton, wie es mir möglich war. Michael, sagte ich noch einmal und gab mir sogar Mühe zu lächeln. Bis vor ein paar Stunden war doch alles in Ordnung, wir leben hier in gegenseitigem Wohlwollen, wir haben jeder ein oder zwei eigene Zimmer mit eigenem Bad, dazu eine Bibliothek, einen Speiseraum, einen Rauchersalon, einen großen Garten und wunderschönen Park. Wir zahlen keine Miete, nur das, was man in einem Mietshaus Nebenkosten oder Wohngeld nennt. Und warum leben wir in diesem luxuriösen Zustand? Weil dieses Haus Katharina gehört. Bis vor ein paar Stunden hast du das auch so gesehen, oder? Und dann gab es einen Streit zwischen Gerlinde und Katharina um einen Hund, und dabei hat Katharina diesen Satz gesagt, zu Gerlinde, nicht zu dir, Michael, zu keinem von uns, nur zu Gerlinde.

Ich schlug vor, den Klassenkampf wieder abzublasen und den Rest des Abends lieber auf der Terrasse zu genießen. Alle schienen erleichtert zu sein. Mary sagte, sie hätte sowieso noch einen Spaziergang machen wollen, und Michael bot an, sie zu begleiten. Johannes, Sylvie und ich nahmen Gläser, Wein und Zigaretten und zogen um auf die Terrasse, wo wir noch eine Weile über psychische und biographische Motive und Zufälle spekulierten. In Katharinas Zimmer brannte kein Licht. Entweder schlief sie schon oder sie saß in der Küche von Helga Zupcke und trank selbst gemachten Kirschlikör, von dem Helga immer beteuerte, der sei nicht von schlechten Eltern.

***

7

Obwohl der Abend auf der Terrasse harmonisch endete, schlief ich in der Nacht schlecht. Ich wachte alle zwei Stunden auf, dachte über Michael Jahnkes hilflosen Aufruhr nach und über Marys plötzlichen Zweifel an Katharinas Lauterkeit; vor allem fragte ich mich, wie Katharina und Gerlinde am nächsten Tag einander begegnen würden und ob nicht für einige Zeit, wenn nicht für immer, die einträchtige Atmosphäre im Haus verdorben sein würde und ob es nicht an der Zeit war, mich ernsthaft um eine neue Berliner Wohnung zu bemühen.

Irgendwann zwischen fünf und sechs Uhr, als der Versuch, wieder einzuschlafen, sich als sinnlos erwies, stand ich auf, duschte und zog mit einem Kaffee und einem Buch in den Garten. Ich entschied mich für die Sitzecke unter dem Nussbaum. Es war schon warm, und spätestens um zehn musste man sich vor der Hitze wieder ins Haus zurückziehen. Ich nahm das Buch in die Hand, schlug es aber nicht auf, saß einfach da unter dem hohen, klarblauen Himmel, nur ein paar weiße Wölkchen zogen wie kleine Tiere vorbei, ein Marienkäfer erklomm die Spitze eines zitternden Grashalms, über Marys Staudenbeet tobten die Schmetterlinge, Vogelstimmen von überall und ich im Zustand vollkommener Wunschlosigkeit, als wäre ich selbst nichts anderes als die Bäume, Pflanzen und das Getier um mich herum. Das Wort Paradies geisterte durch meinen Kopf. Ich schloss die Augen und ließ das helle Licht durch meine Lider scheinen. Als Kind habe ich geglaubt, ich müsste so in mich hineinsehen können.

Amadeus Müller bemerkte ich erst, als sein Schatten auf mich fiel. Auf seinen Stock gestützt, stand er plötzlich vor mir.

Nicht erschrecken, sagte er und fragte, ob er sich einen Augenblick setzen dürfe. Trotz seines Gebrechens wirkte er in dem weißen Hemd und der hellen Leinenhose, das Gesicht rosig von der Rasur oder dem anstrengenden Spaziergang, so frisch wie der Morgen. Er setzte sich, legte beide Hände auf den Silberknauf des Stocks zwischen seinen Knien.

Es geht um den dummen Streit zwischen meiner Frau und Katharina, Sie waren ja dabei. Meine Frau war wohl sehr ungehalten, und die Reaktion von Frau Klaas hat das Ganze nicht besser gemacht, auch wenn sie verständlich war. Sie müssen wissen, Gerlinde kommt aus sehr wohlhabenden Verhältnissen, im Gegensatz zu mir übrigens. Sie ist es nicht gewohnt, nicht Herrin im eigenen Haus zu sein. Unsere Kinder können ein Lied davon singen. Gerlinde regierte die Familie wie der *pater familias* bei den alten Römern. Und ich gestehe, dass ich sehr froh war, mich nicht mit Versicherungen, Sparverträgen und Haushaltsführung befassen zu müssen. Es fällt meiner Frau darum schwer, eine andere Hausordnung zu akzeptieren als ihre eigene.

Amadeus Müller und ich hatten noch nie allein miteinander gesprochen, und es war ihm erkennbar unangenehm, mir einen, wenn auch nur oberflächlichen, Einblick in sein Familienleben zu gewähren.

Aber war es dann eine gute Idee, in dieses Haus zu ziehen, fragte ich.

Er müsse zugeben, dass es seine Idee war, sagte er, die Krankheit und die Aussicht auf weitere Verschlechterung, hier hätte er alles, Ruhe und die Natur, ohne lange Wege. Gerlinde hätte das Haus in Berlin nur ungern aufgegeben. Sie hätten auch an ein eigenes Domizil auf dem Land gedacht, aber dafür reiche die Kraft nicht mehr. Die Bereitschaft seiner Frau hätte wohl auch die Vorstellung beflügelt, dass sie eines Tages mit einem halb gelähmten Mann ganz allein sein könnte.

Und bis jetzt hat Gerlinde sich ja auch gut reingefunden in das Leben hier, sagte er. Nur der Hund, ich sage Ihnen das im Vertrauen, vielleicht verstehen Sie meine Frau dann besser, Gerlinde hat furchtbare Angst vor Hunden, sie will das nicht zugeben und behauptet darum, sie hätte eine Tierhaarallergie. Sie hat keine Allergie, sie hat Angst.

Es war nicht klar, ob sein Lächeln um Verständnis warb oder ob es seiner Frau galt, diesem weiblichen *pater familias*, die ihre Familie dirigierte wie den Geburtstagskanon für Amadeus, aber nicht zugeben konnte, dass sie Angst vor Hunden hat. Aber es passte zu meinem Bild von Gerlinde, dass sie sich lieber eine Krankheit erfand, als eine Schwäche zuzugeben.

Und was meinen Sie, sollen wir nun tun, sagte ich, Katharina wird in der Sache sicher nicht nachgeben. Außerdem dürfte der Hund dann ja auch nicht frei im Garten rumlaufen. Soll er vielleicht an eine Kette gelegt werden?

Nein, um Gottes willen, er hob abwehrend eine Hand, aber vielleicht ließe sich doch eine Vereinbarung finden. Vor allem müssten Gerlinde und Frau Klaas noch einmal miteinander sprechen, ohne die spontane Erregung des gestrigen Tages und ob ich das vielleicht befördern könne.

Seine Frage klang dringlich, auch wenn er versuchte, dem ganzen Thema einen ironischen Ton zu unterlegen.

Und Ihre Frau? fragte ich.

Gerlinde weiß, wie sehr mir an einem dauerhaften Leben hier gelegen ist, sagte er, und sie bedauert ihr schroffes Verhalten, wenngleich der Hund natürlich ein Problem bleibt.

Ich konnte mir nicht vorstellen, wie ein Kompromiss aussehen sollte. Ein paar Ausgangsstunden für Pablo im Garten, Hausverbot außer in Katharinas Zimmern, nur weil Gerlinde diese blödsinnige Angst vor Hunden hatte? Nicht der Hund war das Problem, sondern Gerlinde. Amadeus Müller sah mich erwartungsvoll an, als läge es wirklich an mir, diesen Kladderadatsch zu klären. Schließlich war es seine Frau, mit der er sein ganzes Männerleben verbracht und drei Kinder gezeugt hatte, und die er, obwohl er ihr Gefahrenpotenzial für eine Gemeinschaft kannte, in unser Haus gebracht hatte. Und überhaupt, warum hatte ein intelligenter und feinsinniger Mann wie Amadeus so eine Gerlinde zur Frau? Und wozu sollte ich Katharina eigentlich überreden, wenn der Hund ein Problem blieb?

Ihre Frau braucht eine Therapie, hörte ich mich sagen.

Das klang wahrscheinlich gröber, als ich es meinte, Amadeus Müllers Augen jedenfalls signalisierten Abwehr und Enttäuschung. Ich erklärte ihm, warum ich eine andere Möglichkeit nicht sähe und dass Pudel fast so intelligent seien wie Border Collies und darum für eine Therapie außerordentlich geeignet und dass Katharina eine Spezialistin sei in der Beziehung zwischen Mensch und Hund.

Glauben Sie mir, für Ihre Frau könnte das eine Befreiung sein, ein ganz neues Glück könnte sich ihr erschließen, sagte ich.

Amadeus lachte, vielleicht weil er sich vorstellte, wie seine Frau zitternd vor Pablo stehen würde, oder weil er meinen Vorschlag eben zum Lachen fand.

Ich werde es meiner Frau vorsichtig antragen, sagte er, wünschte mir noch einen schönen Morgen und ging. Er hinkte heute besonders stark, schien mir.

Ich blieb noch eine Weile sitzen und versuchte, in die wundersame Stimmung zurückzufinden, aus der Amadeus Müller mich gerissen hatte, aber der Zauber des Morgens hatte sich aufgelöst im Gezänk von gestern. Gegen meinen Willen formten sich in meinem Kopf schon Sätze, mit denen ich Katharina überzeugen könnte, Gerlindes Canophobie zu therapieren. Obwohl ich die Ereignisse um Pablo und Katharinas Satz kindisch und lächerlich fand, mussten sie schließlich befriedet werden. Und nachdem mich Amadeus zu seiner Verbündeten gemacht hatte, blieb mir nichts anderes übrig, als die Sache ernst zu nehmen.

Katharina stand für gewöhnlich früh auf, gegen acht klopfte ich an ihre Tür, aber es regte sich nichts. Ich fand sie mit Pablo im Park vor der Grabkapelle. Katharina saß auf der kleinen Bank, streichelte Pablos Kopf und sprach dabei leise auf ihn ein.

Gut geschlafen, fragte ich, obwohl ich sah, dass sie nicht gut geschlafen hatte, dass sie wütend war und ratlos.

Ich Idiotin hätte das Haus verkaufen sollen, sagte sie.

Vielleicht. Hast du aber nicht, sagte ich.

Dann sollen sie wieder ausziehen, die haben ja ihr Haus nicht verkauft, da wohnt jetzt die Tochter.

Ich überlegte, ob ich ihr erzählen sollte, dass der Streit mit Gerlinde sich längst ausgeweitet hatte und Michael Jahnke sogar einen Klassenkonflikt erkannt haben wollte, unterließ es aber, um meine Friedensmission nicht zu gefährden.

Sie hat Angst vor Hunden, sagte ich.

Wer?

Gerlinde. Sagt ihr Mann.

Katharina schüttelte ungläubig den Kopf. Ich erzählte ihr von dem Gespräch mit Amadeus und warum ich glaubte, dass Gerlinde wirklich Angst vor Hunden hatte, aber noch mehr Angst davor, es zuzugeben, und wie wichtig es Amadeus sei, ihren Aufenthalt im Haus nicht zu gefährden wegen seiner angeschlagenen Gesundheit und der Natur.

Katharina war der vernünftigste und zugleich großherzigste Mensch, den ich kannte, was wahrscheinlich mit ihrem Beruf zusammenhing. Tierärzte bedurften einer grundsätzlichen Liebe zur Kreatur, die schließlich den Menschen einschloss. Ich hielt Tierärzte auch für sensiblere Gemüter als Menschenärzte, weil ihre Patienten ihnen ja keine Auskunft geben konnten und sie deren

Leiden an ihrem Verhalten ablesen oder ertasten mussten. Sie konnten einen verängstigten Hund, der sich gegen die Behandlung wehrte, auch nicht einfach zur Ordnung rufen, sondern mussten ihn besänftigen, schlimmstenfalls mit vereinten Kräften festhalten. Ich traute Katharina also zu, dass sie auch Gerlinde mit Hunden, wenigstens mit Pablo, versöhnen könnte.

Aber sie hörte mir gar nicht zu, sie fuhr mit den Fingern durch Pablos Locken zum gegenseitigen Trost.

Ich glaube, alte Menschen sind nicht geeignet für so ein Unterfangen wie unser Haus, sagte sie nach einer Weile, sie sind zu sehr sie selbst. Es heißt ja, dass der Mensch vor allem wahrnimmt, was ihn bestätigt. Wenn man sich also sechzig Jahre lang in den eigenen Ansichten bestätigen lässt, wird man immer mehr zu dem, der man von seinen Anlagen ist, ist doch logisch. Da kann man nichts mehr machen, verstehst du. Die Sparsamen werden geizig, die Ängstlichen panisch und die Rechthaber werden eben zänkisch.

Ich sagte, in den Altersheimen müssten sie doch auch miteinander auskommen. Da gibt es ja auch Mord- und Totschlag, sagte Katharina, Eifersuchtsdramen zwischen Neunzigjährigen. Dabei leben die unter Aufsicht.

Immerhin konnten wir jetzt beide lachen. Ich hielt das für einen günstigen Augenblick, Katharina behutsam meine Idee mit der Therapie nahezubringen, am besten auf Umwegen, sodass es am Ende ihre eigene Idee sein würde.

So eine Hundeangst sei sicher kaum zu überwinden, sagte ich, vermutlich ein Kindheitstrauma und im Alter kaum noch zu behandeln.

Kommt drauf an, sagte Katharina, manche Menschen trauen sich kaum auf die Straße vor Angst, ihnen könnte ein Hund begegnen. Aber zu denen gehört Gerlinde wohl nicht.

Vielleicht bildet sie sich ihre Angst vor Hunden nur ein, sagte ich, sie denkt ja auch, dass sie Lungenkrebs kriegt, wenn jemand in ihrer Nähe eine Zigarette raucht.

Schon möglich, sagte Katharina, könnte man ja ausprobieren. Wenn jemand anfängt zu zittern und ihm der Schweiß ausbricht, ist die Angst echt.

Und dann?

Dann müsste man die Person beruhigen und ihr vorsichtig beweisen, dass ihre Angst grundlos ist.

Hast du so was schon gemacht?

Einmal. Eine Freundin wollte unbedingt einen Hund haben, aber ihr Mann war so ein Phobiker. Wir sind zusammen ins Tierheim gefahren, haben einen Hund ausgesucht, sind dann ein paarmal mit ihm spazieren gegangen, bis er sich an ihn gewöhnt hatte. Das hat geklappt. Und nachdem er den einen Hund verstehen konnte, hatte er auch keine Angst vor den anderen mehr.

Ach, wirklich, sagte ich, oder ach, tatsächlich oder etwas ähnlich Verwundertes und übertrieb es dabei wahrscheinlich ein bisschen, denn Katharina, die bis dahin eher zu Pablo gesprochen hatte als zu mir, hob plötzlich den Kopf und sah mich streng an.

Aha, ich verstehe, du denkst, das soll ich jetzt mit Gerlinde versuchen.

Ich gestand, dass Amadeus mich gebeten hätte, mit ihr zu sprechen, und nun erzählte ich ihr doch von Michael

Jahnke und Mary und dass sogar Sylvie meinte, sie hätte diesen Satz nicht sagen dürfen und ob sie denn wirklich riskieren wolle, dass wegen dieser albernen Geschichte der ganze Laden auseinanderfliegt. Ich pries das Haus und das Leben darin, das sich bisher doch harmonisch gestaltet hätte, sodass sogar ich mich wohlgefühlt hätte, obwohl ich gar nicht hatte einziehen wollen. Dass ich die Absicht hatte, auch wieder auszuziehen, sagte ich nicht. Ich redete und redete, bis Katharina einen kurzen, unwilligen Laut ausstieß und Pablo entschlossen die Leine anlegte.

Du kannst aufhören, sagte sie, komm, wir gehen ein Stück.

Schon am Nachmittag lud Amadeus uns zum Kaffee in die Müller'sche Wohnung ein. Auf dem Tisch standen Gebäck und Erdbeeren, es duftete nach Kaffee, Gerlinde stand neben der Kaffeetafel, ihr Lächeln und ihre Haltung ließen nichts von der Demütigung ahnen, die sie sicher empfand. Wir sprachen über die anhaltende Hitze, lobten Erdbeeren und Gebäck, bis Amadeus endlich das Thema ansprach, um das es ging. Gegenseitige Entschuldigungen könne man sich vielleicht ersparen, sagte er, wichtiger sei es doch, eine Lösung für die vertrackte Situation zu finden. Er griff nach Gerlindes Hand und hielt sie umfangen. Seine Frau und er seien übereingekommen, dass sie versuchen wolle, sich mit dem Hund anzufreunden, sofern Frau Klaas bereit sei, ihr dabei mit Rat und Tat beiseitezustehen.

Er sah mit einem auffordernden Blick zuerst Gerlinde

an, dann Katharina. Gerlinde nickte nur, allein die Vorstellung der bevorstehenden Tortur schien sie zu ängstigen. Katharina sagte: Wir können es ja versuchen.

Und um Gerlinde jede Hoffnung zu nehmen, dass der Versuch auch misslingen dürfe, fügte sie sehr entschieden hinzu: Ich werde den Hund einer kranken Frau auf keinen Fall im Tierheim abgeben. Der Hund bleibt, so oder so.

Amadeus legte seinen Arm aufmunternd um die Schultern seiner Frau, und Gerlinde erklärte sich bereit, noch am gleichen Abend mit Katharina und dem Hund einen Spaziergang durch den Park zu wagen. Ob der Tränenschleier vor ihren Augen der Angst oder ihrer Niederlage entsprang, war unklar.

***

8

Alle sahen, wie Katharina mit dem Hund über die Wiese zur hinteren Pforte lief, und zwei, drei Meter hinter ihr Gerlinde. Der Frieden, so schien es, war wiederhergestellt und jede Parteinahme damit sinnlos geworden. Nur Michael Jahnke folgte den dreien mit einem skeptischen, wenn nicht missgünstigen Blick. Mary machte mit ihrem Handy ein Foto. Mal sehen, wie sie zurückkommen, sagte sie und rückte sich die Kissen in ihrem Korbsessel zurecht, als richte sie sich auf eine längere Wartezeit ein, das Smartphone behielt sie schussbereit in der Hand.

Sylvie und ich zogen uns ins Haus zurück, aus dem Speisesaal klang leise das Klavier, wir gingen in den Rauchersalon.

Sylvie ließ sich auf das Sofa fallen, schüttelte den Kopf, stöhnte: Du lieber Himmel, ich habe mir das alles anders vorgestellt. Wir hätten warten sollen, bis sich die richtigen Leute gefunden hätten, die wirklich zueinanderpassen.

Aber bis jetzt ist es doch gutgegangen, sagte ich.

Findest du? Die Müllers sind meistens für sich oder mit ihrer Großfamilie oder wenn Gerlinde in ihrem Steingarten stochert. Mary war auch interessanter, als sie noch in ihrem Buchladen stand. Und Michael, na ja.

Michael geht auf dein Konto.

Ja, aber der wollte unbedingt. Hätten wir ihm sagen sollen: dich nehmen wir nicht?

Sie hockte auf dem Sofa wie ein enttäuschtes Kind, drehte sich eine Haarsträhne um den Zeigefinger und schwieg.

Wir kannten uns seit dreißig Jahren, aber über unsere Jugend wussten wir nur, was wir darüber preisgegeben hatten. Sylvie hat oft von ihrer Zeit in Wohngemeinschaften erzählt, in denen es vermutlich nicht anders zugegangen war als in den meisten Wohngemeinschaften. Aber es konnte bis heute vorkommen, dass Sylvie von den Partys, den hochfahrenden Diskussionen, dem gemeinsamen Kochen, dem ewigen Streit um das Putzen von Küche und Klo, von Freundschaften und lebenslangen Verfeindungen sprach, als läge das alles nur ein paar Jahre und nicht Jahrzehnte zurück. Von den geglückten oder missglückten Lieben in ihrem Leben sprach Sylvie immer heiter wie von gut überstandenen Unfällen, denn am Ende waren auch ihre geglückten Lieben missglückt. Jedenfalls hat Sylvie nie geheiratet, nicht einmal mit einem Mann eine Wohnung geteilt. Ich habe nicht herausgefunden, ob sie das wirklich so geplant und gewollt hat oder ob sie einfach nie den Mann gefunden hat, mit dem sie dieses Wagnis eingegangen wäre. Oder ob sie jedes Mal gehofft hat, es müsse ein größeres, überwältigenderes Gefühl über sie hereinbrechen als das jeweils empfundene. Vielleicht hing sie deshalb den Erinnerungen an die Wohngemeinschaften so nach, weil es die einzige Zeit war, in der sie nicht allein gelebt hat. Dabei war Sylvie nicht einsam, im Gegenteil, sie war umgeben von Freunden, die sie schon durch ihr halbes Leben begleiteten, mit denen sie reiste, ins Theater ging und feierte. Auch ihr Berufsleben war nach dem gleichen Muster verlaufen. Sylvie hat Romanistik studiert, davor hat sie ein Jahr als Austauschschülerin in Kentucky verbracht. Sie sprach ein perfektes amerikanisches Englisch, Französisch, Italienisch und leidlich Spanisch. Ehe wir uns kannten, hat sie als Dolmetscherin und Übersetzerin gearbeitet, dann ein paar Jahre in Mexiko als Sprachlehrerin im Goethe-Institut. Wieder in Deutschland führte sie ausländische Touristen durch das historische Berlin, später durch die Berliner Museen. Als ihr das zu anstrengend wurde, vermittelte ein Freund ihr den Kontakt zu einem Synchronstudio. Seitdem übersetzte sie französische, manchmal auch englische Filme in eine deutsche Rohfassung, die danach Filmexperten zur endgültigen Synchronfassung verarbeiteten, von der Sylvie meistens behauptete, dass sie wieder einmal Witz und Eleganz des Originals mindestens zur Hälfte getilgt hätten.

Ich hatte immer den Eindruck, dass es genau dieses Leben war, das sie sich gewünscht hatte. Darum war ich schon damals verwundert, als bei ihrem siebenundsechzigsten Geburtstag der Plan geschmiedet wurde, Katharinas Haus zu diesem Gemeinschaftsunternehmen zu machen, das es nun geworden war, dass damals ausgerechnet Sylvie die leidenschaftlichste Befürworterin war. Allerdings waren ihre Aufträge in der letzten Zeit wohl selten geworden, weil Sylvies Partner im Studio nacheinander in Rente gegangen waren und deren junge Nachfolger lieber junge Übersetzer beschäftigten.

Aber was hast du dir denn vorgestellt, als du Katharina

etwas von einem gemeinsamen Leben in einem Schloss vorgeschwärmt hast, fragte ich.

Weiß ich nicht genau, sagte Sylvie, jedenfalls etwas anderes. Ich dachte, wir werden immer älter, Freunde sterben einfach weg, und ehe es einsam und trostlos wird, fangen wir etwas Neues an. Etwas Neues anfangen ist schön, jedenfalls schöner als nur alt werden. Weißt du, damals, als wir alle aus den Elternhäusern in die Wohngemeinschaften gezogen sind, war es dieses Gefühl von Freiheit, ein Spiel mit der Freiheit. Gut, wir waren jung, alles war Anfang. Aber ich dachte, warum kann es nicht aufhören, wie es angefangen hat. Noch einmal alles neu, wieder ein Spiel mit der Freiheit. Aber es ist so ernst, so genügsam, jeder lebt so vor sich hin, wie er vorher auch gelebt hat, nur langweiliger, weil hier eben Bossin ist und nicht Berlin.

Ich ahnte, was Sylvie sich erträumt hatte, eben das, was ich befürchtet hatte. Ich war froh, dass es in dem Haus nicht zuging wie in einer Wohngemeinschaft, sondern eher wie in einem Hotel mit Dauergästen, deren Gesellschaft man suchen oder meiden durfte. Wider Erwarten fühlte ich mich sogar wohl in dieser unverbindlichen Gemeinsamkeit, umgeben von Natur und Stille. Allerdings wusste ich nicht, wie es sich hier im Winter lebte. Für mich war es ein langer Urlaub, der früher oder später ein Ende haben würde. Für Sylvie sollte es ein Plan für den Rest ihres Lebens sein.

Wir sind aber nicht mehr jung, Sylvie, sagte ich.

Ja, und? Vielleicht leben wir aber noch zwanzig oder dreißig Jahre. Sollen wir da nur alt sein und sonst nichts?

Ich dachte an Edwin, Katharinas Vetter, der vielleicht ähnlich geträumt hat wie Sylvie, nur dass er sich mit Künstlern umgeben wollte, mit fremden Menschen, die ein paar Monate blieben, bis andere kämen. Das wäre sicher interessanter geworden als eine Gruppe alter Leute, die sich schon lange kannten und einander kaum noch Überraschungen zu bieten hatten.

Und plötzlich, als hätte sie ihre trübe Stimmung abgeworfen wie einen zu warmen Mantel, verkündete Sylvie: Im September will ich nach Rom oder Paris, kommst du mit?

Am nächsten Tag fuhr sie nach Berlin; zu einer Geburtstagsfeier, sagte sie.

So war Sylvie, widerständig sogar gegen das Unabwendbare. Manchmal lachte ich darüber, meistens beneidete ich sie um ihren ungebrochenen Willen, aus jeder Situation den letzten Tropfen Lust und Triumph zu pressen. Sie hatte öfter voller Bewunderung von ihrer Großtante Mia erzählt, die, uralt und am Ende sogar im Rollstuhl, ihre Besucher nie ungeschminkt empfangen hätte, knallrote Lippen, lackierte Fingernägel und mit Schmuck behängt. Sie sei ein bisschen komisch gewesen, aber großartig. Als sie starb, war Sylvie gerade zwanzig oder einundzwanzig, vielleicht hat sie sich damals schon vorgenommen, eines fernen Tages dem Alter zu trotzen wie ihre Tante Mia. Mir war ein derartiger Ehrgeiz nicht gegeben, eigentlich fand ich ihn auch sinnlos. Trotzdem beneidete ich Sylvie um ihre Freude an sich selbst, wenn sie mit ihrer Yoga-Quälerei immer geschmeidiger wurde oder sich für ihren altersmissachtenden Kleidungsstil bewundern ließ.

Katharina, Gerlinde und Pablo gingen nun täglich miteinander spazieren, jeden Tag ein bisschen länger. Am ersten Abend musste Mary nur eine Viertelstunde warten, bis die drei zurückkamen und sie ihr Foto machen konnte, auf dem Gerlinde nun nicht mehr hinterherlief, sondern rechts von Katharina und Pablo links. Nach einer Woche wagte Gerlinde sogar, den Hund zu streicheln, nur zaghaft mit den Fingerspitzen, als hätte sie Angst, sich zu verbrennen. Sie gibt sich wirklich Mühe, sagte Katharina.

Vielleicht wäre uns die absurde Eskalation des Streits ohne die nicht endende brüllende Hitze erspart geblieben. Dieser Zustand physischer Selbstauflösung, der Schweiß, in dem wir badeten, selbst wenn wir uns nicht bewegten, die heiße Luft, die man mit jedem Atemzug einsog und die das Gemüt aufheizte, hatte uns alle mit der Zeit in einen erschöpften und gereizten Zustand versetzt, der die irrationalen Reaktionen aller Beteiligten zumindest begünstigt hatte. Und die Hitze hielt an. Jeden Abend saßen wir vor dem Fernseher, ließen uns Wetterströmungen erklären, Bewegungen der Tiefs und Hochs, gespickt mit neuen Hitzerekorden als eine Folge menschlicher Unvernunft, und an jedem Abend hofften wir auf einen Wechsel der Windrichtung oder wenigstens auf ein erlösendes Gewitter. Aber immer noch war kein Ende abzusehen.

***

9

Als sei es so verabredet, zogen sich in den nächsten Tagen alle in ihre Zimmer oder irgendwohin außerhalb des Hauses zurück. Man tauschte in der Küche, auf den Fluren oder abends im Garten beim Blumengießen freundliche Belanglosigkeiten aus, klagte über Kreislaufprobleme oder Kopfweh wegen der Hitze, aber niemand erwähnte den Streit, auch Pablos Anwesenheit wurde mit Stillschweigen übergangen. Jeder schien zu fürchten, ein unbedachtes Wort könnte den Unfrieden wieder aufflammen lassen. Und Sylvie zog es vor, tagelang in Berlin zu bleiben.

Ich suchte in der Bibliothek nach passender Lektüre und entschied mich für ein dünnes Bändchen mit Erzählungen von Anton Tschechow. Ich begann mit der Geschichte von der Dame mit dem Hündchen. Ich wusste, dass ich sie vor langer Zeit schon einmal gelesen hatte und danach wahrscheinlich noch einmal, aber ich konnte mich an nichts, wirklich an nichts erinnern. Das passierte immer öfter, und ich wusste nicht, was ich davon halten sollte. Ich sah Filme, bei denen mir erst bei irgendeiner Szene klar wurde, dass ich den Film kannte, weil ich mich an diesen kleinen Ausschnitt genau erinnern konnte und wusste, dass der Mann, der gerade im Bild zu sehen war, in der nächsten Minute sterben wird. Ich fragte mich, wo die gelesenen Bücher und gesehenen Filme in mir geblieben sind, zumal mein Gedächtnis bis auf das für Namen noch ganz passabel war. Irgendwann schlief ich über der Lektüre ein, bis mein Telefon mich weckte und eine dröhnende Männerstimme fragte: Stimmt es, dass du auf Katharinas Gnadenhof gelandet bist?

So eröffnete nur Alexander ein Gespräch.

Und du, bist du zurück aus deinem Elysium? fragte ich.

Seit einer Woche, und gestern hat mir jemand erzählt, dass du deine Liebe zur Provinz entdeckt hast. Ich wollte es nicht glauben. Stimmt es denn?

Ich erklärte ihm den Umstand mit meiner Wohnung, der mich vorübergehend nach Bossin verschlagen hat, und dass es nicht so schlimm sei, wie ich befürchtet hatte, in gewisser Weise sogar interessant, für eine Weile, aber bestimmt nicht für den Rest meines Lebens. Besuch mich doch mal, sagte ich, hier wird es wenigstens an den Abenden ein bisschen kühler.

Alexander Heldt war lange freier Mitarbeiter unserer Kulturredaktion, bis er eines Tages beschloss, Kriminalromane zu schreiben. Er legte sich ein englisch klingendes Pseudonym zu, Alex Gardner, und konnte von seiner neuen Profession anfangs leidlich, aber schon nach drei, vier Jahren komfortabel leben. Alex war dreizehn oder vierzehn Jahre jünger als ich, groß, von kompakter Gestalt, Raucher, Rotweintrinker, der fortschreitenden Glatze kam er zuvor, indem er sich den Schädel kahl rasierte, mich erinnerte er immer an Bruce Willis. Wir mochten uns von Anfang an. Ich war noch mit Philipp verheiratet, und wir trafen uns oft zu dritt. Alexanders erste Frau war bei einem Autounfall gestorben, ein Laster hatte in einem

Stau ihren Golf zerquetscht. Er trauerte lange. Nach sieben oder acht Jahren heiratete er zum zweiten Mal, die Ehe hielt nicht einmal drei Jahre. Danach erwähnte er hin und wieder die Namen von Frauen, mit denen ihn kürzere oder längere Affären verbanden, aber kennengelernt habe ich keine von ihnen. Vor ein paar Jahren hatte er sich ein Haus auf Teneriffa gekauft, wohin er für Monate entschwand, um den nächsten Krimi zu schreiben.

Wirklich, willst du mich nicht besuchen, sagte ich noch einmal, ich würde mich so freuen, dich zu sehen.

Es war fast ein halbes Jahr her, dass wir uns getroffen hatten, seitdem nur ein paar Mails, nicht einmal telefoniert hatten wir. Zu meinem Erstaunen sagte er sofort zu. Ich hatte erwartet, dass er mich fragen würde, ob ich nicht lieber nach Berlin kommen wolle, aber es schien, als hätte er meine Einladung sogar erhofft.

Er hätte noch einige Angelegenheiten in der Stadt zu klären, käme aber in zwei oder drei Tagen. Ob es ein Hotel oder eine Pension in der Nähe gäbe, wollte er wissen.

Wir haben Gästezimmer, sagte ich.

Umso besser, sagte Alex, und ich vermutete, dass er wahrscheinlich schon an einen Krimi über einen Mord in einer Alterskommune dachte.

Es passte zu Alexander, dass er Kriminalromane schrieb. Die Lust am Spurenlegen und Spurenfinden, die Freude sogar am Auffinden und Aufdecken menschlicher Abgründe bereiteten ihm auch abseits des Schreibens höchstes Vergnügen. Alex konnte die düstersten Prognosen über die Zukunft Deutschlands, des Kontinents, der ganzen Menschheit entwerfen und am Ende lauthals lachen, nur weil die Logik seiner Prophezeiungen unabweislich erschienen. Ich war gespannt, was ihm zu unserer seltsamen Gesellschaft einfallen würde.

Alex kam am Mittwoch. Ich hatte für den Abend auf der Terrasse zum Umtrunk eingeladen, und zum ersten Mal seit der Pablo-Affäre saßen wir wieder alle zusammen. Auch Sylvie, der ich von Alexanders bevorstehendem Besuch geschrieben hatte, war rechtzeitig zurückgekommen und saß in einem neuen, kimonoähnlichen Seidengewand an Alexanders rechter Seite, an der linken saß ich. Für die Begegnung mit einem leibhaftigen Schriftsteller hatte sogar Mary ihr resedafarbenes Kleid angezogen, obwohl sie fast immer in knielangen Shorts und zerknitterten Leinenkitteln herumlief. Alle waren um eine friedfertige Heiterkeit bemüht.

Die aufkommende Dämmerung vertrieb die Gluthitze des Tages, ein zarter Wind strich durch die Bäume und über die Haut. Ich stellte Alexander, der nur Sylvie und Katharina kannte, die übrigen Hausbewohner vor. In den Augen von Amadeus Müller und Alex leuchtete ein beiderseitiges Interesse auf. Mary beteuerte, wie gern sie seine Bücher verkauft hätte, und natürlich auch gelesen, wofür sich Alex mit routinierter Höflichkeit bedankte. Katharina erkundigte sich nach Molly, seiner Katze, die er alle halbe Jahre zwischen Berlin und Teneriffa hin- und hertransportierte.

Sie wird langsam alt und träge, sagte Alexander, vielleicht würde sie allmählich auch ein sesshaftes Leben in einer ländlichen Idylle wie dieser hier vorziehen.

Außer mir hatte wohl nur Katharina die gefährliche Mischung der drei Wörter bemerkt – alt, träge, auch, das ging gegen uns –, jedenfalls hob sie ihr Glas und schlug vor, auf diesen wunderschönen Abend anzustoßen. Johannes Bertram, der bis dahin geschwiegen, den Gast aber mit skeptischer Neugier beobachtet hatte, sagte, er sei zwar kein Krimileser, frage sich aber, ob die fortwährende Beschäftigung mit Mord und ähnlichen Verbrechen auf Dauer nicht den eigenen Seelenzustand beschädige.

Ich kläre die Morde doch auf und bringe die Mörder hinter Gitter, sagte Alex, außerdem beträfe diese Deformation auch meine Leser, sogar die Polizei.

Mary mischte sich ein: Es ist doch Literatur, da geht es immer um Tod und Liebe. Mein Gott, was passiert alles bei Shakespeare oder bei Dostojewski.

Aber Johannes hatte entweder eine spontane Abneigung gegen Alex oder eine grundsätzliche gegen Kriminalromane. Er, Alexander, müsse die Morde aber, ehe er sie aufklärt, begehen. Das unterscheide ihn von der Polizei.

Alexander lachte, ihm schien das Gespräch, das noch kein Streit war, zu gefallen.

Also, die meisten meiner Morde haben vorher schon in der Zeitung oder in Polizeiberichten gestanden, sagte er, die musste ich nicht erfinden, aber selbst das Erfinden macht Spaß. Was muss passieren, dass ein Mensch einen anderen tötet. Das ist doch interessant. Ich kann mir absolut nicht vorstellen, dass ich imstande sein könnte, einen Menschen zu erschlagen oder zu erschießen. Dabei behaupten Psychologen, dass unter bestimmten Umständen jeder Mensch ein Mörder werden kann. Notwehr wäre ja kein Mord. Also, was müsste passieren, damit ich oder Sie zu Mördern werden?

Johannes lächelte und schwieg.

Es kommt auf die Bedingungen an, sagte ich, man weiß ja, dass Menschen in der Not sogar zu Kannibalen werden, Schiffbrüchige oder Verschollene auf Arktis-Expeditionen.

Es wurde plötzlich still am Tisch, jeder schien sich nach vergangenen Mordgelüsten zu durchforschen.

Sylvie gab zu, in ihrem Leben durchaus Mordphantasien durchgespielt zu haben, meistens gegen verräterische Männer, das sei aber schon lange her. Einmal hätte sie einem Mann, mit dem sie einige Jahre eng verbunden war, und der sie aus heiterem Himmel verlassen hatte, alle vier Autoreifen zerstochen. Sie hat extra ein stabiles Messer geschärft, ist gegen zwei Uhr nachts mit dem Rad zu seinem Haus gefahren und hat voller Wut die Reifen zerstochen, einen nach dem anderen. In die Reifen statt ins Herz, ein zivilisatorisch umgeleiteter Mord, könnte man sagen. Danach ist es mir besser gegangen, sagte sie und lachte, als wäre die Geschichte erst gestern passiert.

Alex nahm Sylvie in den Arm. Sei froh, dass er selbst dir an diesem Abend nicht vors Messer gelaufen ist und du nur die Reifen erwischt hast.

Gerlinde musterte Sylvie ungeniert mit einem Blick, von dem ich nicht wusste, ob darin Bewunderung oder Abscheu lag oder ob Gerlinde sich gerade einer Selbstprüfung unterzog. Amadeus Müller war ein sehr ansehnlicher Mann, sogar jetzt noch mit fast siebzig Jahren, schlank, groß für seine Generation, ein schmales Gesicht, das korrekt gescheitelte graue Haar, dazu begabt mit einem Lächeln, das zwischen Ironie und Zärtlichkeit changierte. Man hätte ihn für einen Engländer halten können. Wer weiß, was die *pater familiae* mit den drei Kindern und der halben Stelle als Lehrerin alles aushalten musste, als Amadeus noch jünger und unversehrt war. Und jetzt, da er krank und schwach der Öffentlichkeit entsagte, musste sie mit ihm in die Einsamkeit ziehen und sich obendrein der Tortur dieser Hundebefreundungsaktion aussetzen. Vielleicht hat sie ihren Mann ja hin und wieder zum Teufel gewünscht. Ich wusste nicht, wie gläubig Gerlinde war, jedenfalls war sie die Einzige von uns, die sonntags regelmäßig zum Gottesdienst ging, und für eine gläubige Christin wäre so ein Zumteufelwünschen ein sehr unchristlicher Todeswunsch. Aber nach längerem Überlegen sagte Gerlinde, sie könne sicher zur Mörderin werden, wenn jemand ihrer Familie etwas antun würde. Vielleicht war sie mit ihrem Amadeus doch glücklicher, als ich mir vorstellen wollte.

In der Antike gehörte Mord durchaus zu den gängigen Mitteln des Regierens, sagte Amadeus, und an seine Frau gewandt: bevorzugt Mord an Familienmitgliedern übrigens, sofern sie in der Herrschaftsnachfolge die eigene Macht bedrohten oder auch nur behinderten. Agrippina hat zuerst ihren Mann Claudius umbringen lassen, um ihren Sohn Nero auf den Thron zu befördern, von dem sie dann allerdings selbst ermordet wurde. Man könnte den Mord in antiken Herrschaftskreisen sogar als eine Form der Notwehr bezeichnen, vorbeugende Notwehr gewissermaßen, weil man dem Mord an sich selbst zuvorkommen musste.

Ich sagte, das sei heute einfacher, man müsse nur eine Frau finden, die sich erinnert, vor zwanzig Jahren von einem Mann genötigt worden zu sein, und schon sei der Mann erledigt.

Alle lachten, außer Mary, die gerade Duftkerzen gegen die Mücken auf dem Tisch verteilte und dabei halblaut protestierte, ganz so lächerlich sei das nun auch nicht, was aber ohne Resonanz blieb.

Frauen aus einem Amt zu befördern, ist entschieden schwieriger, sagte Alex, es sei denn, man könnte ihr lesbische Übergriffe vorwerfen, worauf Sylvie meinte, man wisse doch heutzutage gar nicht mehr, ob man es mit einem Mann oder einer Frau zu tun habe.

Immerhin führen politische Machtkämpfe in unseren Breitengraden derzeit nicht zu Mord, es bleibt beim Rufmord, sagte Alex.

Was allerdings keine Garantie für die Zukunft ist, ergänzte Amadeus mit der Skepsis des Historikers.

Auf die Idee, über einen Kanzlermord zu schreiben, sei er jedenfalls noch nicht gekommen, sagte Alex, in Amerika allerdings seien Anschläge auf den Präsidenten schon immer ein beliebtes Filmsujet.

Als Alex begann, einzelne Filmtitel und ihre Hauptdarsteller aufzuzählen, unterbrach ihn Katharina, die sich bis dahin an dem Gespräch kaum beteiligt hatte.

Ihr redet alle so. Die Einzige, die hier unzählige Male getötet hat, bin ich, zwar nur Hunde und Katzen, aber was heißt nur. Und es hilft auch nicht, dass man den

Tieren nur Leid erspart. Ich setze die Spritze, und dann sind sie tot. Und die Trauer der Besitzer, das war kaum zu ertragen. Manchmal habe ich zu Hause noch geweint und konnte nicht schlafen. Man denkt, vielleicht wird es mit den Jahren leichter, aber es wurde schlimmer.

Ich dachte an Rocco, meinen Hund. Katharina war zu mir in die Wohnung gekommen, der Hund setzte sich ans Fenster mit dem Rücken zu uns, als wüsste er, was passieren wird und als wäre er einverstanden. Katharina gab ihm die erste Spritze, er sank ganz langsam in meinen Arm, dann die zweite Spritze, und Rocco war tot. Wir wickelten ihn in ein Laken und fuhren mit ihm zu einem Freund im Oderbruch, auf dessen Grundstück wir ihn begraben durften. Wir haben getrunken und geheult und uns Geschichten über Rocco erzählt und wieder geheult und getrunken.

Töten ist schwer, sagte Katharina.

Endlich erwachte Johannes wieder aus dem Schweigen, in das er sich nach seiner Attacke auf Alex zurückgezogen hatte. Vielleicht dachte er an die letzten Tage seiner sterbenden Frau, als er sagte, er sehe es als ein Privileg der Tiere an, dass ihnen qualvolles Siechtum erspart bleibe, und er hoffe, dass sich ein tapferer Mensch finden würde, der ihm, wenn es so weit sei, den gleichen Dienst erweisen würde.

Katharina hob abwehrend beide Hände und rief: Rechne nicht mit mir.

Alle hatten wohl nur auf einen Anlass gewartet, um dem in die Schwermut abgleitenden Gespräch zu entkommen, denn nach Katharinas Aufschrei brach ein übertriebenes

Gelächter aus. Mary schwenkte auffordernd eine leere Weinflasche, und Michael Jahnke stand eilfertig auf, um für Nachschub zu sorgen.

Amadeus nutzte die Unterbrechung: Er wolle doch noch einmal auf den Herrschermord zurückkommen, sagte er, an Alex gewandt.

Ich sehe ein, dass in Deutschland ein Kanzlermord kaum denkbar wäre, obgleich es ja ernst zu nehmende Anschläge auf Politiker gegeben hat, aber da waren die Täter wohl Psychopathen. Außerdem könnten Morde heute kriminaltechnisch zu gut aufgeklärt werden, im Gegensatz zur Antike. Aber könnte nicht auch eine infame Intrige, die zum Sturz eines Kanzlers und damit sogar seiner Partei führt, ein interessantes Thema für Sie sein? Ich meine, das Ergebnis ist schließlich das Gleiche, der Herrscher ist beseitigt, nur nicht tot. Das Wort Rufmord sagt es ja: es ist nur eine andere Art des Mordens. Und wie Eva schon sagte, es ist ja inzwischen leicht, einen Skandal zu inszenieren. Für einen Schriftsteller wie Sie sollte das doch reizvoll sein.

Alexander sah Amadeus lange an, als wollte er prüfen, wie ernst der seinen Vorschlag meinte, schüttelte den Kopf. Ich fürchte, mit dem Kanzler hätte ich mich dann gleich selbst erledigt. Oder die rufmordenden Gesellen müssten aus der Nazi-Ecke kommen, aber erstens würde man denen nicht glauben und zweitens wäre das nicht interessant. Aber stellen Sie sich vor, die SPD würde eine Intrige gegen einen CDU-Kanzler schmieden oder umgekehrt. Können Sie sich eine Serie wie »House of Cards« für Deutschland vorstellen?

Natürlich verwahrte sich Mary sofort gegen den Vergleich mit amerikanischen Verhältnissen, und Amadeus kannte weder Netflix noch »House of Cards«.

Alex klärte ihn auf: Da wird nicht der Präsident ermordet, der mordet selbst oder lässt ermorden. Das ging lange gut, bis Kevin Spacey, der schwule Darsteller des Präsidenten, beschuldigt wurde, dreißig Jahre zuvor in trunkenem Zustand einen Jugendlichen sexuell belästigt zu haben. Damit war Kevin Spacey erledigt, er flog aus der Serie, mit ihm natürlich der Präsident, der nun selbst ermordet wurde. Mit anderen Worten: Der Präsident musste sterben, nicht weil er ein Mörder war, sondern weil sein Darsteller beschuldigt wurde, ein lüsterner Tunichtgut zu sein.

Alex lachte wie über einen gelungenen Witz und schlug dabei mit der flachen Hand auf den Tisch. Die letzte Pointe könne er sich für Deutschland auch vorstellen, aber nur die.

Sylvie, die von sich selbst behauptete, ein Serienjunkie zu sein, und Alexanders Erzählung mit ständigem Kopfnicken kommentiert hatte, sagte: Ja, und am Ende der fünften Staffel guckt seine Frau in die Kamera und sagt triumphierend: Jetzt bin ich dran, und wird selbst Präsidentin. Dabei war sie an einigen Morden auch beteiligt. Aber die sechste Staffel ohne Kevin Spacey taugt nichts mehr.

Na, dann ist man die Präsidentin ja hoffentlich auch bald wieder los, sagte ich.

Amadeus hatte aufmerksam zugehört. Das klingt ja fast, als hätten die Verfasser tatsächlich Anleihen bei den antiken Machtkämpfen aufgenommen, nur verbrämt durch Strukturen der Demokratie, sagte er, aber meinen Sie nicht, dass sich ein weniger blutrünstiges Gespinst nicht auch für deutsche Verhältnisse knüpfen ließe. Die Menschen und ihre Herrschaftsgelüste sind sich in den letzten zweitausend Jahren doch sehr ähnlich geblieben.

Dass ausgerechnet Amadeus auf einen deutschen Polit-Thriller drängte, verwunderte mich. Schließlich gab es in der Welt genug Kriege, Aufstände und Morde, die das Interesse eines Historikers am Fortgang der Geschichte befriedigen konnten. Alex winkte nur ab. Auch über Katharinas Vorschlag, er könnte die Handlung doch in eine unbestimmte Zukunft verlegen, lachte er nur.

Leute, wollt ihr mir unbedingt den Spaß an meiner Arbeit verderben? Ich bin froh, dass ich nicht mehr für irgendwelche Redaktionen arbeiten muss, und ihr wollt mir den Verfassungsschutz auf den Hals hetzen.

Das wollte natürlich niemand, auch wenn vielleicht sogar Alex selbst seine mögliche Gefährdung durch den Verfassungsschutz übertrieben fand.

Mary wollte wenigstens wissen, ob er schon einen Plan für sein nächstes Buch habe.

Vielleicht, sagte Alexander und lächelte auf eine Weise, die mir nicht gefiel und meinen Verdacht bestärkte, er suche bei uns das Ambiente für den Mord in einer Alterskommune, *Mord vor dem Tod* vielleicht oder *Der Tod hat weißes Haar*.

***

10

Alex blieb länger in Bossin, als ich erwartet hatte, und mit seiner Anwesenheit verbesserte sich die Stimmung zwischen uns allen von einem Tag auf den anderen. Plötzlich legte jeder Wert auf gemeinsame Mahlzeiten, weil jeder in Alex' Gesellschaft essen wollte. An jedem Abend bot jemand an zu kochen, sogar die Müllers vergaßen, dass sie Vegetarier waren. Vor allem aber wandelte sich der Inhalt unserer Gespräche. Bis dahin hatten die politischen Ereignisse, von denen wir ja hörten und lasen, kaum unsere Gespräche bestimmt, als fürchtete jeder, unnötige Konflikte heraufzubeschwören. Vielleicht wollte auch niemand die friedliche Abgeschiedenheit der Bossin'schen Idylle stören und sich mit den schlechten Nachrichten aus der Welt selbst nicht befassen. Auch unser Entsetzen, in dem uns der Brand von Notre-Dame für einen Abend vereint hatte, löste sich schnell in den Düften und der Wärme des Frühlings auf. Für diese Art der Vermeidung von unerquicklichen Themen sprach auch, dass selten, fast nie über Krankheiten gesprochen wurde, was für Menschen unseres Alters als ungewöhnlich gelten durfte. Zwar chauffierte Gerlinde ihren Mann hin und wieder zu ärztlichen Konsultationen nach Berlin, andere blieben ihren Zahnärzten treu, aber zum Glück war bisher noch niemand ernsthaft erkrankt, und über die üblichen Malaisen des Alters wurde nicht gesprochen. Wir alle, auch ich, taten so, als lägen Siechtum und Tod in weiter Ferne, obwohl wir es natürlich besser wussten. Das änderte sich zum Glück auch nicht mit Alex' Anwesenheit, im Gegenteil. Mary überraschte ich zufällig in der Wäschekammer, wo ich mir frische Bettwäsche holen wollte, beim Bügeln von drei Kleidern, die ich an ihr noch nie gesehen hatte. Katharina bündelte ihr Haar nicht mehr am Hinterkopf zu einem struppigen Pinsel, und Michael Jahnke tauschte seine Shirts gegen Hemden. Die Müllers hatten sich derartige Nachlässigkeiten ohnehin nicht gestattet und sahen aus wie immer. Alex war zwar nicht mehr jung, aber entschieden jünger als wir. Zwischen Mitte fünfzig und fast siebzig liegt ein Abgrund, und offenbar hatten alle das Bedürfnis, den zu vernebeln, wenn er sich schon nicht zuschütten ließ. Ich konnte mich nicht erinnern, dass für andere Besucher, die oft sogar jünger waren als Alex, ein ähnlicher Aufwand betrieben wurde, aber das waren meistens die Müller'schen Kinder oder andere Verwandte. Mit Alex, dem Schriftsteller, auch wenn außer Mary und mir niemand seine Bücher gelesen hatte, war die Öffentlichkeit in unser Leben eingedrungen und entfaltete die Wirkung einer Sprudeltablette, die man in ein Glas mit abgestandenem Wasser wirft. In den Augen von Michael Jahnke glaubte ich sogar den Glanz von Begehrlichkeit zu entdecken. Und Gerlinde, nachdem sie beobachtet hatte, wie ausgelassen Alex mit Pablo durch den Garten tobte, verkündete eines Abends beim gemeinsamen Essen, sie könne es inzwischen wohl aushalten, wenn der Hund jederzeit im Garten frei herumlaufen würde. Nur Johannes Bertram beobachtete das plötzliche Aufleben seiner Mitbewohner mit spöttischer Verwunderung. Ich fragte mich, was seine spontane Abneigung gegen Alex bewirkt haben könnte, zumal ein so extremer Charakter wie Giacomo Casanova ihn faszinierte. Alex war zwar kein Casanova, schon gar nicht in seiner Beziehung zu Frauen, aber es haftete ihm doch ein Hauch von Abenteurertum an, auch wenn er das vorwiegend in seinen Krimis auslebte. Ich nahm mir vor, Johannes bei Gelegenheit danach zu fragen.

Alex schien weder die durch ihn ausgelöste Euphorie noch Johannes' demonstrative Zurückhaltung wahrzunehmen, er schloss sich trotz der Hitze einer morgendlichen Radtour von Mary und Michael an, spazierte mit Pablo durch den Park und das Dorf oder erkundete im Auto die Umgebung.

Euer Haus hat ja seltsame Metamorphosen erlebt, sagte er, besonders in seinen sozialistischen Jahren.

Von Katharina wusste ich, dass es total heruntergekommen war, als ihr Vetter es als Ort für sein glückliches Alter erwählt hat. Es war mir peinlich, dass ich mich dafür nicht weiter interessiert habe und Alex darum nach drei Tagen besser informiert war als ich nach fast drei Monaten.

Er hätte zufällig eine junge Frau getroffen, sagte er, die ihrem Kind auf einem Feldweg gerade das Radfahren beibrachte. Sie erzählte, dass ihr Vater einen dicken Aktenordner mit Fotos über das Haus angelegt hat. Ich darf vorbeikommen und ihn ansehen, willst du mitkommen?

Die Radmachers wohnten am Rande des Dorfes, wo die Wiesen mit der großen Pferdekoppel sich ausbreiteten und nur ein Bataillon von Windrädern den Blick zum Horizont versperrte. Es war ein schönes Haus mit großen Fenstern, nicht eins der Siedlungshäuser, die nach dem Krieg für die Flüchtlinge aus den ehemals deutschen Gebieten jenseits der Oder gebaut worden waren. Jana Radmacher kam uns aus dem Garten entgegen, wischte sich mit dem Unterarm den Schweiß von der Stirn, entschuldigte sich für ihre schmutzigen Hände und lud uns auf die überdachte Terrasse ein. Hier knallt die Sonne nicht so, sagte sie. Sie brachte kalte Limonade und bat uns, einen Augenblick zu warten.

Das Haus, die perfekt komponierten und gepflegten Beete mit den vielfarbigen Blumen, die Sitzecke unter den Bäumen, das Spielhaus und das Trampolin für die Kinder, so richtete sich jemand ein, der genau wusste, was zu seinem Glück gehört. Ich dachte an meine Behausungen, die ich im Laufe der Jahrzehnte bewohnt habe, zu zweit, zu dritt mit Kind oder allein, allen haftete etwas Improvisiertes an. Wahrscheinlich brauchte man eine klare Vorstellung vom angestrebten Glück, um ihm diese anrührende Heimstatt zu bauen. Ich habe wohl eher darauf gewartet, dass sich das Glück mir offenbart, manchmal habe ich auch nur versucht, dem Unglück zu entkommen. Jedenfalls wäre das Glück der Radmachers, wenn es denn wirklich eins war, kein Glück für mich gewesen, aber es gefiel mir, ich bewunderte es sogar.

Ihre Eltern hätten schon immer in Bossin gelebt, sagte Jana Radmacher, ihre Großeltern auch, in dem Haus ganz nahe beim Schloss. Sie lachte, ein richtiges Schloss sei es eigentlich nicht, aber die Bossiner hätten es eben immer

Schloss genannt. Irgendwann hätte ihr Vater angefangen, die alten Fotos vom Schloss zu sammeln, die es im Dorf noch gab, ehe sich niemand mehr erinnern könnte, wie es mal ausgesehen hat, weil das Haus nach und nach verfiel.

Es waren Fotos aus den zwanziger und dreißiger Jahren, das Haus genau so, wie es heute aussah, nur zwischen den Fenstern bewachsen von Kletterrosen, eine Gartenlandschaft, wo jetzt nur noch Wiese war, umgeben von einer halbhohen Feldsteinmauer. Ein anderes Foto zeigte ein mit Blattwerk umkränztes Pferdefuhrwerk, darauf dicht nebeneinander Männer und Frauen, jeder eine bändergeschmückte Sense in der Hand. Oder ein altes Ehepaar, verbunden durch einen zweiteiligen Hörapparat, dessen eines Ende der Mann am Ohr hielt, während die Frau am anderen Ende einer kurzen Schnur lachend in die Sprechmuschel hineinsprach. Das sei wohl der alte Verwalter gewesen, sagte Jana Radmacher, und da, sie zeigte auf ein größeres Bild, der Baron mit der ganzen Familie. Mein Großvater hat die alle noch gekannt. Aber als die Russen näher kamen, sind sie geflohen, und später haben die Flüchtlingsfamilien im Schloss gewohnt. Aber vorher haben die Leute aus dem Dorf noch rausgeholt, was sie gebrauchen konnten. Fast jeder im Dorf hatte irgendwas aus dem Schloss, ein Möbelstück, schöne Fliesen oder Klinken. Bei meinen Eltern steht heute noch ein wunderschöner Korbstuhl mit einer Rückenlehne wie ein Pfauenrad, allerdings ist er inzwischen total kaputt und steht im Schuppen, nur so als Andenken.

Sie blätterte in dem Ordner, bis sie ein großes Farbfoto fand, auf dem das Haus in beklagenswertem Zustand zu sehen war, der Putz zerbröselt, das Dach notdürftig geflickt, die Fenster zum Teil mit Brettern vernagelt.

So sah es am Ende aus, sagte Jana, da stand es schon lange leer. Zu DDR-Zeiten war wohl ein paar Jahre ein Kindergarten drin, dann die Sammelstelle für Altstoffe. Zum Schluss fand nur noch die jährliche Reihenuntersuchung für Frauen darin statt. Dieser Stuhl, Sie wissen schon, stand sogar noch im großen Saal, als Herr Felgenthal, der Cousin von Frau Klaas, das Haus gekauft hat. Aber jetzt sieht es ja wieder aus wie früher, sogar der Garten wird allmählich.

Sie klappte den Ordner wieder zu.

Wollen Sie vielleicht einen Kaffee oder Bier oder Wein? Mein Mann müsste auch bald kommen.

Alex entschied sich für das Bier, Jana und ich bevorzugten Weißwein.

Und was haben die Leute im Dorf gesagt, als da so ein reicher Westkerl mit seinem dicken BMW oder Mercedes kam und die Ruine gekauft hat? wollte Alex wissen.

Am Anfang seien die meisten misstrauisch gewesen, sagte Jana, manche hätten auch gelacht und gemeint, der würde sowieso bald aufgeben. Davor hätten sich ja auch andere schon für das Haus interessiert und zum Schluss hätte es doch keiner haben wollen. Aber Herr Felgenthal hätte dann die Dorfbewohner eingeladen und erzählt, was er vorhat. Er sei ein sehr feiner Mensch gewesen, das hätte die meisten doch beeindruckt. Und dann hat er vielen ja auch Arbeit gegeben, sagte Jana, lächelte und zuckte mit den Schultern, was wohl heißen sollte, so sind die Menschen eben.

Er war nur noch einmal hier, als alles fertig war. Wenigstens hat er es so schön noch gesehen. Wir haben im Dorf gesammelt und einen Kranz geschickt, aber hingefahren zur Beerdigung ist niemand.

Wir schwiegen, jeder griff nach seinem Glas. Unser Platz auf der Terrasse bot einen weiten Blick nach Westen, wo die Sonne allmählich glühend hinter einem Hügel verschwand. Wahrscheinlich warteten sie im Haus auf uns schon mit dem Abendessen, aber auch Alex schien nicht an Aufbruch zu denken. Obwohl wir uns gerade erst kennengelernt hatten, empfand ich eine seltsame Vertrautheit mit Jana und der ganzen Radmacher'schen Familienidylle, als stifte allein die Begrenztheit des Dorfes und die geringe Anzahl seiner Bewohner eine verbindende Nähe; und natürlich die Geschichte des Hauses, das Jana Schloss nannte, und zu der wir jetzt auch gehörten.

Und nun haben Sie statt Edwin und seinen Künstlern einen Haufen alter Leute im Ort, sagte ich.

Ach, Sie sind doch alle noch ganz fit, sagte Jana, und unsere Kinder haben erzählt, dass Frau Jansen im Herbst einen Lesezirkel an der Schule gründen will, die freuen sich schon.

Davon hatte Mary nichts erzählt. Sie fangen also an, sich zu langweilen, dachte ich, Katharina will eine Tierarztpraxis eröffnen, Mary will Kinder für die Literatur begeistern, vielleicht unterrichtet Sylvie demnächst Englisch oder Französisch, und Johannes gibt Klavierstunden, Amadeus könnte die besonders begabten Kinder in Latein unterweisen. Und ich? Ich könnte einen Schreibkurs für Erwachsene gründen, damit die Leute ihre Familiengeschichte für die Nachkommen aufschreiben. Wer wusste schon, welche Talente in Bossin verborgen lagen.

Janas Mann rief an, es würde später werden. Er sei auf der Gemeinderatssitzung, erklärte Jana, es ginge wieder mal um die Windräder, dreizehn neue sollten noch gebaut werden, obwohl der Ort schon jetzt umzingelt sei. Sie hätten alles versucht, Petitionen, Mahnwachen. Aber die machen ja doch, was sie wollen, sagte sie und wischte mit einer resignierten Handbewegung ein paar Staubkörner vom Tisch. Sie klärte uns über die unterschiedlichen Interessenlagen im Dorf auf. Wer Land hat, ist natürlich für die Windräder, weil er jedes Jahr eine Menge Geld für die Pacht kassiert. Es gibt sogar einen Roman darüber, den haben hier alle gelesen, genau so ist es. Aber was soll man machen.

Wie wird denn hier gewählt, fragte Alex.

Die Antwort blieb Jana erspart, in diesem Moment stürmten die Kinder kreischend in den Garten, verstummten schnell, als sie uns sahen, ein hochgewachsenes Mädchen mit blonden zerzausten Haaren und ein stämmiger Junge, vielleicht zwei Jahre jünger.

Mareike und Peer, unsere Kinder, sagte Jana mit diesem liebevoll vermittelnden Blick, den alle Mütter haben, wenn sie ihre Kinder vorstellen. Der Jüngste sei gerade bei der Oma.

Die Kinder blieben neben ihrer Mutter stehen und murmelten etwas von Hunger und Durst. Es war Zeit für uns zu gehen.

Kommen Sie doch mal wieder, wenn Dirk auch da ist, sagte Jana zum Abschied.

Oder Sie zu uns, sagte ich, und dann, schon hinter dem Gartentor, rief ich: Es war schön bei Ihnen.

Alex wunderte sich, dass ich Jana bis heute nicht gekannt hatte.

Man trifft hier selten Leute auf der Straße, sagte ich, die meisten fahren mit dem Auto weg und kommen mit dem Auto wieder. Wen man kennt, dem winkt man zu, die anderen fahren einfach vorbei.

Aber ich habe sie doch getroffen, sagte Alex.

Ich gab zu, dass ich, hätte ich Jana getroffen, während sie ihrem Kind das Radfahren beibrachte, vielleicht nur freundlich gegrüßt hätte. Nicht aus Desinteresse, eher aus Höflichkeit. Ich käme mir hier immer vor wie ein Eindringling.

Na, so richtig passt euer Verein ja auch nicht in die Landschaft, sagte Alex, nicht mal als Ersatz für die ehemaligen Schlossherren, und Arbeit zu vergeben habt ihr auch nicht.

Doch, wir haben zwei Putzfrauen, aber die kommen aus Polen. Putzen im Schloss, das wollte hier niemand.

Wir liefen langsam zurück durch den dämmrigen Ort, hinter manchen Fenstern flackerten schon die Fernsehbilder, aus den Gärten hörte man hier und da Stimmen, der Geruch von Holzkohle und Bratwurst wehte vorbei, der Hund der Eggers bellte wütend in seinem Zwinger, Katharinas Wurmkur hatte offenbar geholfen.

Im Haus herrschte Feststimmung, und es roch nach Fisch. Wir wurden mit sanftem Vorwurf wegen der Verspätung empfangen und sofort an die gedeckte Tafel gedrängt. Helga Zupckes Sohn hatte einen fünf Pfund schweren Hecht abgeliefert, den sie selbst nicht essen wollten, wegen der Gräten.

Ich erzählte die Geschichte von dem Amerikaner aus New York, den ich vor mehr als dreißig Jahren, jedenfalls stand die Mauer noch, auf einer Party getroffen habe. Ich war kurz davor von meiner ersten New-York-Reise zurückgekommen und immer noch berauscht von der Stadt, in der die ganze Welt zusammenfloss und deren von ständigen Sirenentönen begleitetes Rauschen mir immer noch in den Ohren klang. Ich fragte den Mann, er hieß Frank, warum er um Gottes willen in Berlin lebe, wenn er das Glück hätte, ein New Yorker zu sein. Und er sagte, weil er lieber ein großes Hecht in einem kleinen Teich sei als ein kleines Hecht in einem großen Teich. Eigentlich sprach er perfekt Deutsch.

Ach, New York, seufzte Sylvie, da war ich zum ersten Mal mit zwanzig. Einmal habe ich mich beim Spaziergang bis nach Harlem verirrt. Ein Taxifahrer hat angehalten und gesagt, ich sollte lieber einsteigen, es sei keine gute Idee, da spazieren zu gehen.

Michael Jahnke erzählte von dem Glück, das er im Village erlebt hatte, damals, als die Schwulen es in Deutschland noch schwerer hatten. Und Gerlinde sagte, sie hätten in der Met Edda Moser als Donna Anna in »Don Giovanni« erlebt. Wann war das, Amadeus, irgendwann in den Siebzigern, auf jeden Fall unvergesslich.

Alex lächelte erinnerungsversunken, während er mit dem Messer sorgfältig die Gräten vom Fischfleisch hob. Es ist seltsam, sagte er, ich war oft in New York, aber immer, wenn ich an die Stadt denke, sehe ich das eine, ganz zufällige Bild vor mir. An einem schwülen Sommermorgen habe ich bei Dean und Deluca, das war zu der Zeit noch ein kleiner Laden in der Prince Street, zum Frühstück eingekauft, und auf dem Rückweg lief vor mir ein dunkelhäutiges Mädchen in einem weißen seidenen Overall, die langen Haare noch feucht, als wäre sie gerade aus der Dusche gekommen, und ein Brot in der Hand. Es war ein Bild wie Aphrodite, die aus dem Meer steigt, eben nur in einem seidenen Overall und in der Prince Street. Übrigens, der Hecht ist vorzüglich.

Aber lebensgefährlich, klagte Mary, sie könne auch die New-York-Begeisterung nicht nachvollziehen. Sie sei entsetzt gewesen von dem Elend, das neben dem Glitzer so offensichtlich war, alle paar Meter ein Bettler, sie wäre arm geworden, wenn sie jedem etwas gegeben hätte, nein, einmal New York und nie wieder.

Nach einer längeren Pause, in der sich alle andächtig den Gräten in dem Stück Fisch auf ihrem Teller widmeten, sagte Johannes, er ziehe immer noch Europa vor, damit sei er noch nicht fertig, schließlich fehlten ihm dreißig Jahre Reisezeit, vielleicht irgendwann mal auch New York, aber lieber doch noch einmal Sizilien oder Florenz oder Córdoba. Oder Lissabon, sagte Mary.

Nach und nach fiel jedem ein Sehnsuchtsort ein, an den er schon immer hatte reisen oder ihn noch einmal wiedersehen wollte, ehe es zu spät war: Island, Rom, Athen, Korsika, Barcelona, Riga; ich wollte nach Dublin.

Und draußen schien der Mond über Bossin.

***

11

Als wir in den Nachrichten zum ersten Mal von dem Brand hörten, waren wir nicht beunruhigt. Es war heiß und trocken, und immer wenn es heiß und trocken war, brannte irgendwo ein Wald. Der Ort war zwar nicht weit entfernt, aber weit genug, um uns nicht zu gefährden, dachten wir. Aber allein das Wort Brand weckte die Erinnerung an Notre-Dame, und jemand fragte, ob die Ursache inzwischen eigentlich aufgeklärt sei. Nein, nichts Genaues, aber wohl immer noch kein Hinweis auf Brandstiftung, vielleicht eine sorglos ausgetretene Zigarette, wahrscheinlich auch bei diesem Waldbrand.

Wir hatten uns wie immer seit Alex' Anwesenheit am Abend auf der Terrasse versammelt. Alex hatte für einen großzügigen Vorrat an Weißwein gesorgt, und mein Verdacht, er suche bei uns die Kulisse für seinen nächsten Kriminalroman, wuchs langsam zur Gewissheit heran. Vielleicht fiel es nur mir auf, dass er unsere Gespräche in die von ihm gewünschte Richtung lenkte und uns verführte, Geständnisse abzulegen, die wir sonst für uns behalten hätten. Ich kannte ihn zu lange, um der Harmlosigkeit zu trauen, mit der er den Waldbrand, der uns an diesem Tag noch gar nicht erregte, zum Anlass nahm, um über seine eigene Angst vor Feuer zu sprechen, die ihn seit der Kindheit beherrsche, weil in seiner Nachbarschaft ein

Haus abgebrannt und dabei ein Kind zu Tode gekommen sei. Er berichtete eindrücklich über seinen Schock, in den der Tod des Jungen, mit dem er befreundet gewesen war, ihn versetzt und eine irrationale Angst vor Feuer in ihm hinterlassen hatte.

Bis dahin hatte ich von dieser irrationalen Angst an ihm noch nichts bemerkt und auch von diesem prägenden Erlebnis hatte er noch nie gesprochen. Ich war sicher, dass er es erfunden hat, um mit seinem eigenen Geständnis die Frage nach unserer tiefsten Angst zu rechtfertigen.

Kennt ihr das, eine Angst, die in euch schlummert, aber immer da ist, fragte Alex.

Wir sahen einander ein bisschen ratlos an, Sylvie lachte verlegen, Katharina schüttelte den Kopf. Wovor sollen wir denn noch Angst haben außer vor Siechtum und Tod, fragte sie.

Sie hätte jeden Tag Sorge um die Kinder, sagte Gerlinde, oft auch Angst, wenn sie daran denke, dass ihre Enkelkinder mit dem Fahrrad in die Schule fahren, sogar im Winter, wenn es dunkel ist. Manchmal, mitten beim Frühstück, hätte sie plötzlich schreckliche Bilder im Kopf, sodass ihr das Herz stocke.

Alex nickte teilnahmsvoll, wollte sich aber bei Gerlindes Angst nicht weiter aufhalten, die er vermutlich für eine Allerweltsangst hielt, die jeder kannte, der Kinder hatte. Er sah neugierig von einem zum anderen, blieb bei Michael Jahnke hängen, der sich auf die Unterlippe biss, als hätte er gerade etwas sagen wollen und es dann doch lieber gelassen. Aber dann, unter Alex' fragendem Blick, sagte er es doch.

Meine größte Angst hat sich schon erfüllt, sagte er so leise, dass ich nur die Hälfte verstand und mir die fehlenden Silben ersetzen musste. Seit ich Norbert kannte, hatte ich Angst, ihn zu verlieren. Warum gerade ich, dachte ich, warum sollte er gerade bei mir bleiben? Dann haben wir geheiratet, aber die Angst blieb. Wenn er später nach Hause kam als verabredet, sah ich ihn tot unter einem Auto liegen, immer dachte ich nur das Schlimmste. Warum? Als hätte ich es geahnt. Ich habe ja alles verloren, nicht nur Norbert, das ganze Leben mit ihm, die Galerie, die Arbeit, auch alle Freunde plötzlich weg, als würde es mich ohne Norbert gar nicht geben. Nur du, Sylvie, ohne dich wäre ich auch nicht hier, stimmt doch, oder?

Die ganze Zeit hatte er mit halb geschlossenen Augen irgendeinen Punkt auf dem Tisch fixiert, jetzt hob er zum ersten Mal den Blick, sah zuerst Katharina an, dann mich. Ich zündete mir eine Zigarette an. Es stimmte, ohne Sylvie, die ihm eher aus Fairness als aus Sympathie die Treue gehalten hatte, wäre er nicht in Bossin. Und ohne Norbert hätten wir ihn wahrscheinlich nicht einmal gekannt, außer er wäre als Handwerker in unser Haus gekommen. Michael Jahnke hatte mit Norbert ein anderes Leben gewonnen und durch dessen Tod wieder verloren. Wie er da zwischen uns saß, tat er mir leid in seinem bekennenden Unglück, und gleichzeitig dachte ich, dass es nur ein geliehenes Leben war, das er verloren hatte.

Obwohl ich nicht die Absicht hatte, mit der Preisgabe meiner intimsten Gefühle Alexanders nächsten Roman zu illustrieren, suchte ich auch in mir nach einer geheimen Angst, die keine Allerweltsangst war, eine Angst, von der ich wissen musste, aber sie noch nicht benannt hatte, weil ich mich noch nie nach ihr befragt hatte. So schien es auch den anderen zu gehen, Katharina, Amadeus, Mary, sogar Johannes, alle saßen mit einem nach innen gerichteten Blick vor ihren Gläsern, tauchten in ihre Vergangenheit, um nach einer Angst zu suchen, die noch nicht auf den Tod gerichtet war, manchmal zuckte ein Lächeln um einen Mund. Mir fielen meine Tagebücher ein, in denen ich immer noch nicht gelesen hatte.

Das Mondlicht und der flackernde Schein der Kerzen auf dem Tisch, in dem wir füreinander halb sichtbar und halb verborgen waren, verbreiteten eine Stimmung, in der sich Geheimnisse leichter aussprechen ließen. Mary erzählte von einem Traum, der sie in ihrem Leben immer wieder einmal heimgesucht hätte.

Dann stehe ich mitten auf einer Straße, sagte sie, von links und rechts kommen Autos, ich sehe, wie sie auf mich zufahren, ich müsste schnell laufen, vorwärts oder rückwärts, jedenfalls weglaufen von da, wo ich stehe, aber ich kann nicht, ich kann mich nicht bewegen, die Autos fahren auf mich zu. Und dann wache ich auf. Irgendwann habe ich begriffen, dass dieser Traum mit meinem wirklichen Leben zu tun hat, er kam immer, wenn ich etwas hätte entscheiden oder ändern müssen in meinem Leben und nicht wusste wie und wohin oder Angst hatte, es wirklich zu tun, zum letzten Mal, bevor ich den Buchladen wirklich aufgegeben habe und hierher gezogen bin. Was ist das, Zukunftsangst, Entscheidungsangst, Angst vor Veränderung?

Sylvie sagte, was ich auch dachte, dass Mary doch ein

ganz geordnetes und sicheres Leben geführt hat mit dem Laden und ihrem Hans, keine Scheidung, keine drohende Kündigung, nicht einmal ein neuer Vorgesetzter. Aber vielleicht wog ja in so einem geordneten Leben jede Veränderung umso schwerer.

Mary reagierte gereizt. Ob Sylvie glaube, nur wer so chaotisch lebe wie sie, hätte ein Recht auf Angst.

Sylvie lachte. Ein Recht auf Angst, du lieber Gott.

Ich sagte, jeder Mensch hätte Angst, die sei ihm angeboren wie seine Nase, dazu brauche er kein Recht. Es käme nur darauf an, was er mit seiner Angst anfängt, ob sie ihn beherrscht oder nur berät. Und den Satz, die Angst sei ein schlechter Ratgeber, hielte ich für idiotisch, weil Angst ebenso lebensrettend sein könne.

Ja, meine Liebe, wovor hast du überhaupt Angst, fragte Alex, das wollte ich schon immer wissen.

Ich denke noch nach, sagte ich, was der Wahrheit entsprach. Ich dachte an einen Morgen, der mehr als fünfzig Jahre zurücklag und den ich nie vergessen hatte. Ich war vierzehn oder fünfzehn und sollte bei den Schulmeisterschaften zum Hundertmeterlauf antreten. Ich war keine Favoritin, aber auch nicht ganz schlecht. Am Abend vor dem Lauf, schon im Halbschlaf, sah ich mich stürzen, in lächerlicher Verrenkung lag ich auf dem Bauch und sah, wie die anderen nacheinander durchs Ziel liefen. Ich weiß nicht mehr, ob ich am Morgen den Wecker absichtlich überhört oder mich krankgemeldet habe, jedenfalls bin ich zu dem Rennen nicht angetreten. Dass ich nicht siegen würde, habe ich vorher gewusst, aber die Angst, würdelos zu verlieren, hat mich wohl durch mein Leben begleitet. Sonst würde ich mich an die Sache mit der Schulmeisterschaft nicht nach Jahrzehnten erinnern.

Johannes sah zu mir herüber, hob sein Glas und prostete mir zu. Ich war nicht sicher, welchem Umstand diese Geste gerade galt. Vielleicht forschte auch er insgeheim nach einer verborgenen Angst und wollte, wie ich, nicht darüber sprechen. Dafür erklärte Amadeus zu meiner Überraschung, er wisse von einer bedenkenswerten Geschichte zur Angst, oder besser zu deren Überwindung. Ein Jugendfreund von ihm, ein Künstler, der eigentlich ganz auskömmlich von seiner Kunst leben konnte, litt, seit er sich eingestehen musste, dass der große Ruhm ausbleiben würde, unter einer fast krankhaften Verelendungsangst. Er verdiente nie genug, um für das Alter vorzusorgen, durfte auch auf keine Erbschaft hoffen. Die Angst, irgendwann nicht mehr malen oder kein Bild mehr verkaufen zu können, ergriff mehr und mehr von ihm Besitz. Ob infolge einer Krankheit oder durch den Einfluss einer Frau, konnte Amadeus nicht sagen, jedenfalls kam der Freund irgendwann auf die Idee zu fasten. Er aß zwei Wochen nichts. Zwei oder drei Tage litt er unter einem Hungergefühl, versank dann aber in einem Zustand vollkommener Gelassenheit und Harmonie, sodass er sogar unglücklich war, als er sich aus seiner Weltabgewandtheit wieder erwecken musste. Aber seitdem, so hätte es sein Freund ihm erzählt, hatte seine Angst ihn verlassen, denn wenn er eines Tages tatsächlich in eine ausweglose Lage geraten sollte, müsste er ja nur aufhören zu essen und könnte in einem Zustand der Glückseligkeit schmerzlos verdämmern. Seitdem fastet der Freund jedes Jahr, um sich seines Auswegs immer aufs Neue zu versichern, sagte Amadeus.

Was, so mitten aus dem Leben? Das wäre nichts für mich, sagte Sylvie. Eine Nachbarin von ihr, die aber schon über neunzig war und der schon ein Fuß abfaulte, hätte sich zu Tode gehungert. Aber nur weil einem das Geld ausgeht?

Nun, Sie leiden eben nicht an Verelendungsangst, sagte Amadeus, und Johannes meinte, er hätte den Eindruck, wir litten überhaupt an seltsamen, kleinlichen Ängsten. Seine Mutter, die als junge Frau die Bombardierung Dresdens erlebt hatte, war bis zu ihrem Tod von der Angst vor einem Krieg verfolgt. Jedes Silvester war für sie eine Tortur. Und als 1968 die Panzer durch Prag rollten, sah sie die schon in Dresden stehen. Dresden ist keine zwei Autostunden von Prag entfernt. Aber es gab keinen Grund anzunehmen, die Panzer würden nach Dresden kommen, es gab ja keinen »Dresdener Frühling«. Aber diese unausrottbare Angst seiner Mutter gehorchte keiner Vernunft, sie war ihr eingebrannt. Diese Generation musste mit ihrer Angst allein fertigwerden.

Und heute rennt jeder zweite zum Psychiater wegen Panikattacken oder irgendwelcher Angststörungen, sagte Sylvie.

Mary meinte, das könnte daran liegen, dass die Menschen keinen Gott mehr haben, an den sie glauben und zu dem sie beten können. Beten sei auch eine Art der Meditation, und an einen Therapeuten müsse man auch glauben, wenn der wirklich helfen soll.

Gerlinde nickte heftig und setzte gerade zum Sprechen

an, als Amadeus selbst das Wort ergriff. Wahrscheinlich ahnte er, was seine Frau sagen wollte, etwas über die heilende Kraft des Glaubens oder die reinigende Wirkung eines Gebets, und darum sprach er lieber selbst.

Gemessen an dem Unheil, sagte Amadeus, mit dem die Menschheit vor uns geplagt war, Hungersnöte, Seuchen, Dürren und Kälteeinbrüche, denen sie schutzlos ausgeliefert war, ganz zu schweigen von den großen und kleineren Kriegen. Man bedenke, schon das römische Imperium in seinen Anfängen lebte von der Mitte des 5. Jahrhunderts bis 272 v. Chr. fast ununterbrochen im Kriegszustand. Gemessen daran, leben wir in einer sicheren Bastion. Aber wenn die Sicherheit normal ist, kann schon eine kleine Unsicherheit zum Skandalon werden, zu einem unerträglichen Leck im Sicherheitspanzer. Jedes Unglück wird zur Katastrophe, jede Trauer zum Krankheitsfall. Dabei hat es in der Geschichte von der Antike bis zur Neuzeit …

Entschuldigung, wenn ich unterbreche, rief Katharina dazwischen, aber ich muss gerade an meine Großmutter denken. Die wurde noch im 19. Jahrhundert geboren, 1889, hat zwei Weltkriege erlebt, im Ersten hat sie ihren Verlobten verloren, im Zweiten wurde sie ausgebombt, und sie war der furchtloseste Mensch, den ich kannte. Ich kann mich nicht erinnern, sie je ängstlich oder verzagt erlebt zu haben. Selbst als sie auf den Tod erkrankte und ich weinte, hat sie mich getröstet: Kind, so ist das, wir kommen und wir gehen. Du hast doch gewusst, dass ich vor dir sterben werde. Sie war liebevoll, reagierte aber fast allergisch auf Sentimentalitäten. Ich glaube, unsere

Psyche funktioniert ähnlich wie unser Immunsystem, beide sind lernende Systeme. Sie entwickeln sich an den Zumutungen. Wer mit vielen Zumutungen in seinem Leben fertigwerden musste, der weiß dann, dass er das kann, der fürchtet sich weniger vor der nächsten. Kann doch sein, oder?

Manche Menschen zerbrechen auch an ihrem Unglück, die hatten dann wohl Pech mit ihrer Psyche, sagte ich.

Die Menschen sind eben verschieden, sagte Mary, ich meine, die haben doch wirklich Panikattacken.

Katharina verteidigte ihre Theorie. Die haben kein auf Angst trainiertes Immunsystem. Was würden sie eigentlich machen, wenn plötzlich in ihrer Nähe eine Bombe einschlägt? Vielleicht schaltet sich dann die Amygdala ein, und sie würden keine Panikattacke kriegen, sondern ganz schnell weglaufen.

Mein Gott, Katharina, sagte Johannes plötzlich in einem für seine Verhältnisse energischen Ton, was ist los mit dir? Für jeden ängstlichen Hund hast du mehr Verständnis. Egal warum, die Menschen leiden unter ihrer Angst. Irgendwo habe ich gelesen, dass die meisten Patienten jung sind, zunehmend sogar Kinder. Vielleicht ist etwas an unserem Leben falsch, dass sie lernen, sich davor zu fürchten.

Wann war das Leben denn richtig, fragte Sylvie, aber wenn man den Kindern jeden Tag erzählt, dass die Wälder sterben und die Eisbären und auf sie selbst schon die Klimakatastrophe wartet, in der sie verglühen werden, natürlich haben sie dann Angst, was denn sonst. Sie glauben das doch alles.

Gott sei Dank glauben sie das, meldete sich Michael Jahnke, der seit seinem Geständnis kein Wort mehr gesagt hatte. Gott sei Dank glauben sie das, wiederholte er, die meisten wollen es doch nicht wahrhaben.

Ich traute Michael diese leidenschaftliche Sorge um die Zukunft des Planeten eigentlich nicht zu, aber es war ein Lieblingsthema von Norbert gewesen, mit dem er gern seine Mitmenschen traktiert hat, und Michael fühlte sich vielleicht verpflichtet, sein Erbe anzutreten.

Das Gespräch war entgleist, niemand wollte noch über seine eigene Angst sprechen. Sylvie fragte gereizt, ob man nicht das Thema wechseln könne, aber Amadeus, als Hochschullehrer geübt im Führen von Oberseminaren, schlug vor, die Frage an Alex zurückzugeben.

Herr Gardner, Sie haben die ganze Zeit ja nur zugehört, aber als Verfasser von Kriminalromanen spielen Sie doch mit der imaginierten Angst Ihrer Leser, sagte Amadeus. Die meisten Menschen kommen mit Mord und Totschlag nur durch Zeitungsberichte in Berührung, woher rührt diese Faszination für die Welt des Verbrechens, während sie sich beim Lesen oder Fernsehen gemütlich in die Sofaecke kuscheln?

Alex war nicht überrascht, er schien auf die Frage gewartet zu haben und antwortete mit der Routine eines Autors, der gelernt hat, sein Publikum auf Distanz zu halten, ohne es zu kränken. Er erzählte, dass er selbst ein passionierter Krimileser gewesen sei, James Ellroy hätte ihn fasziniert, die ganz andere Welt, zu der er nicht gehörte, auch nicht gehören wollte, die Drogen, die Huren, das Schießen hätten ihn gereizt, also die harten Männerkrimis. Frauen hätten zu dieser Zeit noch die gemäßigte Variante bevorzugt, den unerwarteten, brutalen Einbruch in den bürgerlichen Alltag und einen Detektiv, der die Gerechtigkeit wiederherstellt. Also nicht Ellroy, sondern lieber Agatha Christie, Simenon oder Colin Dexter. Inzwischen mögen sie es wohl genauso blutrünstig wie die Männer. Er selbst hätte sich für die sanftere Variante entschieden, für ihn als Autor sei sie interessanter. Ein Kriminalroman hätte strenge Regeln, vor allem brauche es natürlich einen spannenden Plot. Aber eigentlich, sagte Alex, ist es gerade nicht ein Spiel mit der Angst, sondern vor allem die Überwindung der Angst, denn – und das ist neben der Spannung das Entspannende eines Krimis – am Ende ist die Welt wieder in Ordnung, das Gute hat gesiegt, und das weiß der Leser von Anfang an.

Amadeus lächelte enttäuscht, wahrscheinlich hatte er sich von Alex eine weniger geschmeidige Antwort erhofft. Mary berief sich auf ihre Kompetenz als Buchhändlerin, sie könne bestätigen, dass Krimis eine durchaus beruhigende Wirkung haben. Sie hätte Kunden gekannt, die immer dann nach einem Krimi verlangten, wenn sie Probleme hatten.

Ich sagte, das sei doch großartig. Wir schicken die Leute mit Angststörungen nicht mehr zum Therapeuten, sondern drücken ihnen Krimis in die Hand. Dann könnten sie eine Angst ausleben, die sie nicht bedroht, und den Mut, die Angst zu vertreiben, übernimmt für sie der Detektiv. Und dabei lernen sie, ganz entspannt mit ihrer Angst umzugehen.

Es dauerte einen Augenblick, ehe Katharina und Alex,

danach auch die anderen sich entschlossen, über meinen Vorschlag etwas verlegen zu lachen. Nur Johannes lachte nicht. Er saß reglos am anderen Ende des Tisches, sodass ich ihn im Dunkel nur schemenhaft erkennen konnte.

Vielleicht ist gar nicht Angst das entscheidende Wort, sagte er, als das Gelächter verklungen war, sondern Mut. Mut ist das Wort zwischen Angst und Feigheit. Ich habe immer Angst vor meiner Feigheit gehabt.

Er griff nach seinem Glas, trank einen Schluck, als müsse er überlegen, ob er weitersprechen sollte, atmete tief und schwer ein und erzählte dann doch vom Herbst 89, als in Leipzig die Montagsdemonstrationen anfingen und viele seiner Freunde an jedem Montag von Dresden nach Leipzig gefahren sind. Er hätte immer Gründe gefunden, nicht mitzufahren, mal sei es die Arbeit gewesen, mal die Kinder.

In Wahrheit hatte ich Angst, sagte Johannes, man wusste ja nicht, was passiert, ob vielleicht sogar geschossen wird. Angst hatten die anderen auch und sind trotzdem gefahren, aber ich war feige und habe mir das bis heute nicht verziehen.

In dieser Minute hätte ich Johannes am liebsten in den Arm genommen. Er hatte, um dieses Bekenntnis abzulegen, nicht nur sich, sondern sogar seine Skepsis gegenüber Alex überwinden müssen, der die ganze Diskussion schließlich provoziert hatte. Vielleicht dachte jetzt jeder über die eigene Feigheit nach, jedenfalls schwiegen wir alle, bis Amadeus uns befreite, indem er das Tor zur Geschichte öffnete.

Feigheit hätte in kriegerischen Gesellschaften selbst

zu Friedenszeiten eine viel gravierendere Bedeutung gehabt, sagte er. In Athen mussten Männer, die den Kriegsdienst verweigerten, drei Tage in Frauenkleidern auf dem Marktplatz sitzen, und in der römischen Republik galt als Schlüsseltugend die *virtus,* die mannhafte Bewährung und Tapferkeit. Wer noch keine *virtus* erobert hatte, suchte sein Bewährungsfeld. Junge Senatoren, die ihre Tapferkeit noch nicht hatten beweisen können, drängten auf Kriege, um *virtus* zu erringen. Nichts war verächtlicher als Feigheit. In unserer pazifizierten Gesellschaft, sagte Amadeus, gelte Feigheit doch eher als lässliche Sünde, im Gegenteil, jemand, der zu feige sei, auch nur öffentlich seine Meinung zu verkünden, könne sogar auf Verständnis hoffen. Das Kämpferische hingegen, so scheine ihm, sei jenseits politischer Kampagnen auch in seiner friedlichen Form wenig geschätzt.

Plötzlich sprachen alle durcheinander. Ich konnte kaum herausfinden, wer Amadeus zustimmte und wer ihm widersprach, am Ende setzte Mary sich durch mit einer leidenschaftlichen Verteidigung des Pazifismus, der nichts, aber auch gar nichts mit Feigheit zu tun hätte.

Michael Jahnke sekundierte, Feiglinge würden wenigstens keine Kriege vom Zaun brechen.

Amadeus versuchte, sich zu erklären, kam aber nicht zu Wort.

Katharina erzählte irgendetwas von Überforderung der Hunde durch artfremde Verhaltenserwartungen.

Sogar Gerlinde, der inzwischen ihr Kopf ein paarmal auf die Brust gesunken war, erwachte wieder und empörte sich über die falsche Erziehung von Jungen.

Als alle sich wieder beruhigt hatten, weil niemand den anderen noch verstand, fragte Alex, ob Mary denn Pazifistin sei.

Wenn jetzt die berühmte Frage kommt, ob ich tatenlos zusehen würde, wie jemand mein Kind erschlägt, natürlich nicht. Aber wenn es um Krieg und Frieden geht, unbedingt.

Was, rief Sylvie, wenn es morgen China oder Dschingis Khan oder sonstwem einfallen würde, in Deutschland einzumarschieren, wärst du für die kampflose Übergabe?

So ein Quatsch, sagte Mary, Dschingis Khan ist tot, und China will keinen Krieg. Jedenfalls würde ich nicht wollen, dass auch nur ein Mensch für mich stirbt.

Ich würde auf meine alten Tage noch schießen lernen, behauptete Sylvie, ich bin für *virtus.* Oder wie heißt das für Frauen?

Amadeus überlegte eine Weile. Männliche Tugend war für Frauen nicht vorgesehen, sagte er mit einem bedauernden Lächeln, aber Tacitus erzählt die Geschichte einer Freigelassenen, ihr Name war, wenn ich mich richtig erinnere, Epicharis, die in die Pisonische Verschwörung gegen Nero verstrickt war. Während ihre männlichen Mitgeschworenen, allesamt Senatoren, reuig gestanden, als die Verschwörung aufflog, verriet Epicharis nichts, auch unter der Folter nicht. Tacitus bescheinigte ihr *virtus* und den Männern erbärmliche Feigheit. Also Sylvie, Sie dürften im Fall eines ehrenhaften kriegerischen Einsatzes *virtus* für sich beanspruchen.

Sylvie schlug sich triumphierend mit der flachen Hand gegen die Brust.

Ich sagte, Mary müsse dann drei Tage in Frauenkleidern auf dem Marktplatz sitzen, worauf Mary behauptete, wir, Sylvie und ich, seien gefährliche Bellizisten. So ging das hin und her, unter die anfangs noch scherzhaften Töne mischten sich zunehmend giftige, die mit virtus und Pazifismus nichts mehr zu tun hatten. Mary warf Wörter wie Arroganz und Besserwisserei über den Tisch, wobei unklar blieb, ob sie nur Sylvie und mir oder allen galten. Ich hatte zu viel Wein getrunken, um mich zurückzuhalten, und antwortete mit Duckmäusertum und deutscher Biedermeierei.

Alex saß schweigend dabei und sah zufrieden aus.

***

12

Die Sonne drang allmählich durch die Mauern des Hauses, selbst in den Nächten sank die Temperatur nicht mehr unter zwanzig Grad. Die Wiese lag wie ein zerlumpter gelbbrauner Teppich vor dem Haus, Marys Stauden hoben gerade noch am frühen Morgen und abends ihre Köpfe, nur Gerlindes Steingarten hielt der Glut stand.

Alex kündigte seinen Abschied an, er wolle unseren ländlichen Frieden nicht länger stören, sagte er und sah dabei ausgerechnet mich an. Vielleicht erwartete er meinen Widerspruch oder eine höhnische Bemerkung, weil er ahnte, dass ich sein spezielles Interesse an uns durchschaut hatte. Gerlinde beteuerte, wie belebend sein Besuch gewesen sei, und Katharina sagte, für ihn stehe immer ein Zimmer in Bossin bereit.

Alex und ich machten einen letzten Spaziergang mit Pablo. Ich wäre lieber durch den Park gegangen, aber Alex suchte immer noch Eindrücke jenseits der Natur.

Und, schreibst du nun über Mord in einer Alterskommune, fragte ich.

Fändest du das sexy? Ein Krimi muss sexy sein.

Sexy nicht, aber vielleicht komisch. Findest du uns komisch?

Alex dachte einen Augenblick nach, sagte dann, er fände uns eher normal, allerdings unter nicht ganz normalen

Umständen, und das sei vielleicht doch komisch, jedenfalls hätten wir uns verändert und ich sei im letzten halben Jahr zehn Jahre älter geworden. Er hätte an unseren Altersunterschied bisher nur gedacht, wenn ich Geburtstag hatte, aber nie, wenn wir gemeinsam gearbeitet oder in irgendeiner Kneipe ein Bier getrunken hätten.

Und jetzt?

Nicht jetzt, sagte Alex, hier, hier in Bossin, das ist nichts für dich.

Nein, das war nichts für mich, das wusste ich auch. Aber was war noch etwas für mich? Ich hatte keinen Beruf mehr, keine Wohnung, eigentlich auch keine Familie, meine Tochter wohnte am anderen Ende von Deutschland, mein Enkelsohn studierte in Wien. Vielleicht war Bossin genau der richtige Ort, um sich diese Frage zu stellen. Was soll aus diesem Rest des Lebens werden, in dem man nicht mehr sein durfte, wer man bis dahin war. Einmal in der Woche ins Theater gehen und ins Kino, einmal im Monat ins Konzert, Bücher und Zeitungen lesen, um das zu simulieren, was gesellschaftliche Teilhabe genannt wurde, obwohl man längst unter der Rubrik Rentner geführt wurde, als jemand, der den öffentlichen Haushalt belastete, vermutlich bald ein Pflegefall sein würde, vielleicht sogar dement, jemand, der Schuld war an mangelndem Pflegepersonal oder der in einer zu großen Wohnung lebte, die von jungen Familien gebraucht wurde. Leute, mit denen man sich früher über Freuden und Ärger des Berufs ausgetauscht, über politische Verwerfungen gestritten hatte, schwärmten nun am liebsten von ihren Reisen, von der Natur oder der Kunst, die sie endlich noch genießen durften, andere fingen an zu imkern oder bauten Tomaten an oder zogen eben in eine Alterskommune in der Hoffnung, etwas Neues zu erleben. Wahrscheinlich konnten nur Menschen mit einem ausgeprägten Helfersyndrom im Alter noch glücklich werden. Dann könnte man Ersatzoma für alleinstehende Mütter werden oder in einer Suppenküche helfen oder Migrantenkindern deutsch beibringen oder Patenschaften für Zootiere übernehmen.

Ich fange langsam an, mich daran zu gewöhnen, sagte ich mehr aus Trotz als aus Überzeugung und wollte gerade erklären, wie wohltuend die Absenz vom städtischen Geschwätz und der sinnentleerten Kulturbeflissenheit sei, als Helga Zupcke uns auf dem Fahrrad entgegenkam.

Der Brand is außer Kontrolle, rief sie und rang nach Luft vor Aufregung, die kommen jetzt von überall, um zu löschen, aber da liegt doch die Munition von hundert Jahren, du lieber Jott, ich muss weiter, dat kann jefährlich werden.

Vor dem Spritzenhaus der Feuerwehr hatten sich einige Leute aus dem Dorf um einen Feuerwehrmann versammelt, wir stellten uns dazu. Inzwischen seien es drei Brandherde, wahrscheinlich Brandstiftung, außerdem der ausgetrocknete Boden, darum die schnelle Ausbreitung, vor allem aber die Munition, die noch überall herumliege und in der Hitze explodiere. Und nein, das Feuer sei noch nicht außer Kontrolle, aber eine gewisse Gefahr bestehe. Es könne auch für Bossin noch gefährlich werden, aber großes Gerät sei unterwegs, auch Löschhubschrauber.

Der Mann versuchte, Ruhe zu verbreiten, obwohl er seine Anspannung kaum verbergen konnte.

Ich hatte zwar davon gehört, dass in dem Wald zwischen Bossin und den anderen Orten ein ehemaliger Truppenübungsplatz lag und der Wald darum immer noch Sperrgebiet war, hatte mir darüber aber bisher keine Gedanken gemacht. Alex sagte, das müsse er sich auf der Karte ansehen. Auf dem Heimweg fiel mir auf, dass Pablo immer wieder seine Schnauze witternd in die Luft hielt.

Im Haus hatten sich alle um den großen Tisch im Speisesaal versammelt. Die Nachricht von der drohenden Gefahr hatte uns offenbar überholt. Mary las aus ihrem Laptop eine Warnung der örtlichen Feuerwehr vor, Johannes beugte sich über seine Wanderkarte. Alex setzte sich neben ihn und zog die Karte zu sich heran.

Weiß jemand, an welcher Ecke vom Wald der Brand ausgebrochen ist, fragte Mary.

Es sind inzwischen drei Herde.

Also, offenbar brennt es auf der westlichen Seite des Waldes, sonst wäre hier längst mehr los, sagte Alex, und der Wind kommt aus Nordost.

Pablo hat aber schon was gewittert, sagte ich.

Trotzdem, Ruhe bewahren, bis jetzt besteht für Bossin jedenfalls keine Gefahr, solange der Wind nicht auf West dreht, sagte Alex.

Sylvie schlug vor, mit den Rädern eine Erkundungstour zu unternehmen, der sich aber nur Johannes und Alex anschließen wollten.

Der Brand hatte Alex' Interesse an Bossin wieder entfacht, von seiner geplanten Abreise war keine Rede mehr, auch nicht von seiner krankhaften Angst vor Feuer, mit der er unsere Geständnisbereitschaft entzündet hatte.

Ich fand es einen seltsamen Zufall, dass wir gerade noch über unsere geheimen Ängste gesprochen hatten und nun vielleicht Grund hatten, uns wirklich zu fürchten, obwohl ich nicht annahm, dass sich jemand an diesem Nachmittag ernsthaft bedroht fühlte. Es war eher die erregende Vorstellung einer Gefahr, an die man nicht wirklich glaubte, die aber der Phantasie Räume eröffnete, um sich ein Unglück vorzustellen, dem man Gott sei Dank nicht ausgeliefert war. Nur Michael Jahnke machte den Eindruck, als sähe er sich einer unabwendbaren Katastrophe ausgesetzt. Er erzählte wieder die Geschichte von dem abgebrannten Kuhstall in seinem Dorf, die er uns schon an dem Notre-Dame-Abend erzählte hatte, und von dem Geschrei der Tiere, das den Leuten noch Jahre später in den Ohren geklungen hätte.

Feuer ist eine Gewalt, sagte er, wenn sich das erst mal ausbreitet … Aber das ist nur der Anfang, die Erde wird uns unterm Hintern wegbrennen.

Wir beruhigten ihn, die Hubschrauber seien schon zu hören und die Löschzüge aus allen Gegenden seien auch unterwegs.

Es gibt hier sowieso keine Kuhställe mehr, nur noch Katzen und Hunde, sagte Katharina.

Amadeus sah auf seine Uhr. Es ist Zeit, sagte er, ich muss mich eine Stunde hinlegen. Wenn es brennt, könnt ihr mich ja wecken.

Später hörten wir aus der Ferne die Lautsprecherdurchsagen der Polizei, die durch das Dorf fuhr und vermutlich über den Stand der Brandbekämpfung berichtete. Als das Auto in unsere Nähe kam, behauptete Mary, sie hätte verstanden, dass für Bossin aktuell keine Gefahr bestehe.

Als Michael Jahnke noch einmal sein Klagelied über den Klimawandel anstimmte, zog ich mich in mein Zimmer zurück und suchte im Internet die Karte unserer Umgebung. Bossin lag auf der östlichen Seite des Waldes. Zwischen der dunkelgrünen Fläche, die den Wald bezeichnete, und unserem Ort lag ein schmaler hellgrüner Streifen, der wahrscheinlich die große Wiese war, auf der auch die Pferdekoppel und der Ponyhof lagen, für die der ortsansässige Reiterhof in der Lokalzeitung warb. Ich war keine geübte Kartenleserin und verstand auch nichts von Brandbekämpfung, hielt es aber für unwahrscheinlich, dass das Feuer so einen breiten, wenn auch ausgetrockneten Wiesenstreifen überwinden könnte.

So ähnlich fiel auch das Ergebnis der Erkundungstour der drei Radfahrer aus. Vor dem Feuer war Bossin sicher, aber falls der Wind seine Richtung ändern sollte, würde der giftige Rauch herüberwehen, und wir müssten trotzdem evakuiert werden. In den Dörfern auf der anderen Seite wurde die Evakuierung schon vorbereitet. Sporthallen wurden mit Liegen ausgestattet, und die Leute packten ihre Sachen, Ausweise, Urkunden, Kleidung, Fotoalben, Wasserflaschen.

Mein Gott, wie früher im Krieg, sagte Mary, meine Mutter hat erzählt, dass immer die gepackte Tasche für den Luftschutzkeller neben der Tür stand.

Das war das Stichwort für Michael Jahnke, der sofort behauptete, das sei auch Krieg, jetzt würde das Klima zurückschlagen, dem wir schließlich den Krieg erklärt hätten.

Am Abend versammelten wir uns zu den TV-Nachrichten in der Bibliothek. In Klagenfurt hatte eine Schriftstellerin, die keiner von uns kannte, den Bachmann-Preis gewonnen, Japan wollte sich nicht mehr an die internationalen Regeln für den Walfang halten, die SPD wechselte mal wieder ihr Spitzenpersonal. Wir warteten eigentlich nur darauf, dass endlich die junge Frau auf High Heels und in einem roten Etuikleid vor der Wetterkarte tänzelnd unsere Zukunft für die nächsten Tage vorhersagte. Alle Pfeile, die auf der Karte die Windströmungen anzeigten, verliefen von Ost nach West, im Osten halte die extreme Trockenheit an, die Wetterlage bleibe stabil, verkündete die Wetterexpertin, nur dem Südwesten drohten heftige Regenfälle, sogar Starkregen und Hagelschlag.

Ein Wechsel der Windrichtung hatten wir also nicht zu erwarten, wir waren beruhigt.

Der Film, auf den sich die anderen einigten, ein alter »Tatort« mit Götz George, interessierte mich nicht. Ich setzte mich mit einem Glas Wein auf die Terrasse und freute mich, als Johannes Bertram sich kurz darauf zu mir gesellte.

So ein Waldbrand wirkt ja ungemein belebend, sagte er.

Sie meinen, es ist endlich mal was los?

Na ja, die eingerosteten Gefühle geraten mächtig in Wallung, sagte Johannes.

Ich sagte, das sei wohl eher die Simulation von Gefühlen, zumal wir uns doch gerade über die eigene Lage haben beruhigen lassen.

Er hätte zwar noch nie einen Waldbrand erlebt, aber die Geschichten über seine brennende Heimatstadt hätten sich ihm seit der Kindheit tief eingeprägt. Allerdings sei das natürlich kein Vergleich, wir könnten uns der Gefahr, selbst wenn der Wind sich drehte, schließlich jederzeit entziehen.

Zumal wir beide hier ohnehin nur Gäste sind, sagte ich.

Ein verlegenes Lächeln glitt über sein Gesicht. Wer weiß, sagte er und sah an mir vorbei in die Wipfel der Bäume oder in den Abendhimmel.

Genau so hatten wir vor einigen Wochen zusammengesessen, als Johannes mir vom Tod seiner Frau erzählt hat, und wie diese Thea in sein Leben geraten war. Aber über den Fortgang der Geschichte und warum Johannes jetzt in Bossin über sein künftiges Leben nachdenken wollte, wusste ich nichts, weil Katharina an diesem Abend plötzlich mit einem großen weißen Pudel vor uns stand. In diesem Gespräch hatte er keinen Zweifel daran gelassen, dass sein Aufenthalt in Bossin nur vorübergehend war. Und nun dieses ins Nichts geraunte »Wer weiß«?

Oder haben sich Ihre Pläne geändert, fragte ich, wollen Sie etwa Bossiner werden?

Meine Pläne, sagte er kopfschüttelnd, meine Pläne. Um ehrlich zu sein: Ich hatte gar keinen Plan und habe immer noch keinen. In den letzten Tagen habe ich ein paarmal mit Thea gesprochen, und mir ist klar geworden, dass es auf meine Pläne ohnehin nicht ankommt. Eigentlich sollte ich froh darüber sein. Vielleicht haben Sie ja schon gemerkt, dass ich kein besonders entschlussfreudiger Mensch bin.

Aber Sie sind nicht froh?

Sehen Sie, nicht einmal das weiß ich.

Er lachte, stand auf. Ich hole uns mal eine Flasche Wein.

Ich hatte schon befürchtet, Johannes könnte seine frühere Mitteilungsfreude bereuen und ich würde den Ausgang der Geschichte zwischen ihm und Thea nicht mehr erfahren, weil ich es auch als zudringlich empfunden hätte, ihn danach zu fragen.

Den Anfang des Dramas kennen Sie ja, sagte er, während er die Flasche öffnete. Wie weit waren wir denn?

Sie waren jedenfalls noch nicht verheiratet, Thea war noch nicht bei Ihnen eingezogen und Ihre Kinder mochten Thea nicht.

Aha, sagte er, ja, jetzt wird es ein bisschen kompliziert. Theas Mann hatte drei erwachsene Kinder aus erster Ehe, die im Ergebnis der Scheidungsvereinbarung zu je fünfundzwanzig Prozent erbberechtigt waren, das einzige nennenswerte Erbe war das Haus, das aber mit erheblichen Hypotheken belastet war. Die Kinder drängten auf den Verkauf, hatten auch schon einen Interessenten, Thea musste ausziehen, und viel Geld blieb für sie auch nicht übrig. Was lag also näher, als dass sie bei mir einzog, zumal ich ohnehin darüber nachdachte, einen Untermieter aufzunehmen. Jaja, lachen Sie nur …

Ich habe nicht gelacht.

Doch, haben Sie, Sie haben es nur schnell unterdrückt. Aber ich hätte es als unanständig empfunden, Thea in dieser Situation nicht zu helfen. Es war auch nur für den Übergang gedacht, bis sie etwas Passendes gefunden hätte, was sich aber als schwieriger erwies als erhofft. Jaja, ich weiß, was Sie jetzt denken, so haben meine Kinder damals auch geredet.

Er hatte recht. Genau dieses Bild von Thea hatte ich mir schon bei unserem ersten Gespräch entworfen. Ich kannte Frauen wie Thea und wunderte mich, dass Männer sich nicht fragten, warum sehr viel jüngere Frauen sich ausgerechnet in sie mit ihrem schütteren Haar oder ihren Glatzen, den nicht mehr zu verbergenden Bäuchen, der Herzschwäche und den beginnenden Prostataproblemen, warum diese jungen Frauen sich ausgerechnet in sie verliebten.

Johannes erzählte umständlich und ein wenig schamhaft, wie sich die freundschaftliche Wohngemeinschaft bald in eine Liebesbeziehung wandelte. Anfangs hätte ihn das Gewissen geplagt, weil er so schnell nach Isoldes Tod in dem Schlafzimmer, in dem Bett, das sie Jahrzehnte miteinander geteilt hatten, nun mit einer anderen Frau lag. Aber er hätte die durch keine eheliche Routine entzauberte Sexualität genossen, sagte Johannes. Thea sei eine sehr ansehnliche Frau, und er wolle nicht bestreiten, dass diese fast vergessene Fleischeslust an dem weiteren Verlauf der Geschichte durchaus ihren Anteil hatte.

Er trank, um Zeit zu gewinnen, bedächtig und in kleinen Schlucken von seinem Wein, als müsse er selbst nachträglich erst Klarheit gewinnen über die Geschehnisse oder als wüsste er nicht, wie er sie mir verständlich machen könnte.

Ich begann, Thea zu lieben, sagte er, wenn auch die drohende Einsamkeit, das Gefühl des Verlassenseins, dabei mitgewirkt haben mag, aber das war mir damals nicht bewusst. Es begann eine glückliche Zeit, jedenfalls für mich, was Theas Glück ausgemacht haben könnte, vermag ich heute nicht mehr zu sagen. Natürlich lebte auch Isolde noch in mir, und ich sprach auch öfter über sie. Sie waren ja befreundet, Isolde und Thea, sodass ich annahm, es könnte Thea nicht kränken, wenn ich von Isolde sprach, denn Isolde war tot, und Thea lebte. Das war aber wohl ein Grund, warum sie nach einiger Zeit begann, auf die Heirat zu drängen, anfangs eher scherzhaft, aber zunehmend ernst, einmal weinte sie sogar. Sie sei wohl nur eine Notlösung, bis ich mich erholt hätte und sie überflüssig sei. Ich beteuerte ihr das Gegenteil, was sie aber nur darin bestärkte, den Beweis von mir zu fordern. Ein Jahr und zwei Monate nach Isoldes Tod haben wir geheiratet, nicht gegen meinen Willen, auch wenn es mir doch zu früh erschien. Die Kinder waren entsetzt, statt einer Hochzeitsfeier sind wir eine Woche nach Venedig gereist.

Seine größte Angst sei immer die vor seiner Feigheit gewesen, hatte Johannes an dem Abend gesagt, als Alex unser Innerstes erforschen wollte. Wahrscheinlich hatte ihn auch seine Feigheit in das Eheunglück mit Thea getrieben. Ich konnte nicht glauben, dass ein sensibler und kluger Mann wie Johannes nicht geahnt hat, was Theas Leidenschaft für ihn entzündet hatte und dass er nur zu feige gewesen war, ihr die dauerhafte Wohngemeinschaft und erst recht die Ehe zu verweigern. Wahrscheinlich hätte sie ihn verlassen, und er hätte sich die demütigenden Jahre bis zu seiner Flucht aus seinem Haus und seiner Stadt erspart. Denn bald nach der Heirat, erzählte Johannes, begann Thea das Haus umzugestalten. Sie räumte die Möbel um, verbannte ein Bild, das Isolde besonders geliebt hatte, in den Keller, auch Bilder von Isolde selbst verschwanden ungefragt, auch das Hochzeitsbild, das noch auf Johannes' Schreibtisch stand, ersetzte Thea eines Tages durch ihr eigenes Porträtfoto. Sie könne nicht mit einer idealisierten Toten konkurrieren, erklärte sie. Ihre Anstellung in einem Reisebüro hatte sie schon kurz nach der Hochzeit aufgegeben, angeblich wurde Personal eingespart wegen der vielen Internetbuchungen. Als dann auch für Johannes die Berufstätigkeit endete, zog er sich zurück hinter seine Bücher und das Klavier, was Theas Reizbarkeit nur erhöhte. Zudem wurde das Geld knapp, und Thea machte keine Anstalten, ins Berufsleben zurückzukehren. Aber so, wie Johannes zu feige gewesen war, die Hochzeit auszuschlagen, war er dann zu feige, die irrtümliche Ehe wieder aufzulösen.

Es gab ja auch gute und versöhnliche Tage, sagte Johannes. Nur als Thea darauf bestand, für das Haus ins Grundbuch eingetragen zu werden, um nicht ein zweites Mal als mittellose Witwe zu enden, immerhin war sie fast zwanzig Jahre jünger als er, erst da sammelte Johannes seinen ganzen Mut, ging zum Notar und ließ das Haus auf seine Kinder übertragen, worüber er Thea erst nachträglich informierte.

So, nun kennen Sie die ganze Geschichte, sagte er, das heißt noch nicht ganz, denn einige Wochen später eröffnete mir Thea, sie hätte sich verliebt, in einen bulgarischen Arzt, der wohl sogar einige Jahre jünger ist als sie.

Er lehnte sich zurück, verschränkte die Arme hinter dem Kopf und dehnte die Schultern, als hätte er gerade eine Last abgeworfen.

Aber warum, um Gottes willen, er dieses Leben denn hatte fortführen wollen, wollte ich wissen.

Es käme eben immer auf die Perspektive an, sagte er, vor einigen Wochen hätte er mir die Geschichte sicher ganz anders erzählt.

Er trank bedächtig von seinem Wein, stopfte sich eine Pfeife und schien zu überlegen, ob er mir die zweite Version des Dramas auch noch erzählen sollte.

Wie denn, wie hätten Sie die Geschichte erzählt, fragte ich, um ihn zu ermutigen.

Ich konnte Theas Eifersucht verstehen, sagte er, weil ich Isolde wirklich vermisste. Sie hatte mich ja nicht verlassen, sodass ich einen Groll gegen sie hätte hegen können, sondern sie war mir geraubt worden. In gewisser Weise hatte ich Thea missbraucht. Ich habe mich vor der Einsamkeit gefürchtet und wollte getröstet werden. Schon möglich, dass ich der Trottel war, der ich in Ihren Augen wohl bin, aber ein selbstsüchtiger Trottel. Ich dachte, dass Thea enttäuscht war von mir, dass ich sie in gewisser Weise ja auch getäuscht hatte, als ich sie hatte glauben lassen, sie hätte die Leere, die Isoldes Tod in mir hinterlassen hatte, voll und ganz ausgefüllt. Ich fühlte mich schuldig und glaubte, wenn ich diese Kränkung von ihr nehmen, wenn ich sie von Isoldes Schatten befreien würde, könnten wir doch wieder zu einem harmonischen Miteinander finden. Aber das war wohl ein Irrtum.

Er gab einen resignierten, zwischen Lachen und Seufzen schwankenden Laut von sich. In mir rührte sich etwas wie Mitleid, weil ich Johannes mochte, ihm gern zuhörte, wenn er Klavier spielte oder sich mit Amadeus über den

Untergang des Römischen Reichs unterhielt. Und trotzdem mischte sich unter mein Mitleid etwas Missgünstiges, vielleicht sogar Schadenfreude, weil er so blind und mutlos in sein Unglück hineingelaufen war.

Und welche Erkenntnis lag zwischen der ersten und zweiten Fassung Ihrer Geschichte, fragte ich.

Selbsterkenntnis, liebe Eva, Selbsterkenntnis. Ich hätte mich damals schon fragen müssen, was an mir, einem trauernden Witwer in desolatem Zustand und kurz vor der Berentung, so begehrenswert sein sollte, dass eine sehr viel jüngere, attraktive Frau sich in mich verlieben und obendrein die Ehe mit mir anstreben könnte. Warum habe ich mich das nicht gefragt? Nun ja, ich habe es wohl für normal gehalten. Aber nachdem ich mir die Frage, wenn auch spät, einmal zugemutet hatte, hielt ich mich selbst für einen Trottel, einen selbstsüchtigen, verblendeten Trottel.

Immerhin wollten Sie ihr nicht das Haus vererben, tröstete ich ihn.

Es ist mein Elternhaus und das Elternhaus meiner Kinder. Ich werde nicht zurückgehen, solange sie noch darin wohnt. Das sollen die Kinder regeln, denen gehört das Haus ja nun.

Aber scheiden lassen müssen Sie sich selbst, sagte ich.

Wahrscheinlich war mir wieder einmal der Ton verrutscht, und was ich als freundliche Ironie gemeint hatte, war in die Nähe einer Beleidigung geraten, denn Johannes sah mich nur etwas irritiert an und schwieg.

Oder wollen Sie sich gar nicht scheiden lassen, fragte ich nach einer Weile.

Thea hat angekündigt, dass ich demnächst Post von ihrem Anwalt bekommen würde, sagte er.

Ich empfahl ihm die Anwältin, die mich bei meiner letzten Scheidung vertreten hatte. Die gilt als Haifisch unter den Scheidungsanwälten, die werden Sie brauchen.

Vor dem Einschlafen dachte ich darüber nach, warum ich Johannes eigentlich seine Arglosigkeit, mit der er Thea in die Falle gegangen war, übel nahm. War es wirklich so abwegig zu glauben, eine Frau, auch eine jüngere Frau, könnte sich in einen Mann verlieben, den sie in seiner Trauer um die verstorbene Frau erlebt, der trostbedürftig ist und der ihren Trost dankbar annimmt? Und war Johannes' Arglosigkeit nicht eine liebenswerte Eigenschaft im Gegensatz zu meinem Argwohn? Oder ärgerte ich mich nur, weil Johannes, ein Mann, mit dieser opferwilligen Liebe hatte rechnen dürfen, die mir im umgekehrten Fall undenkbar schien? Eine sechzigjährige Frau betrauert ihren früh verstorbenen Mann, und ein vierzigjähriger Nachbar hilft ihr beim Umräumen und Renovieren der Wohnung und verliebt sich in sie? Unmöglich, Monsieur Macron und seine Brigitte waren ein Thema für die ganze Welt. Als ich Ende fünfzig war und mir ein Mann von Mitte vierzig nach einigen Gläsern Wein erklärte, er hätte sich in mich verliebt, habe ich gelacht und mich gefragt, was mit ihm nicht stimmt. Ich glaubte immer noch, dass mit ihm etwas nicht gestimmt haben kann. Aber Johannes hätte sich das nicht unbedingt fragen müssen, auch wenn er es sich besser gefragt hätte, weil Thea eben nicht eine barmherzige liebende Seele war, sondern ein berechnendes Biest. Ich nahm mir vor, das bei Tageslicht und ausgeschlafen noch einmal zu überdenken.

***

13

Am nächsten Morgen verkündete der lokale Radiosender die Ausrufung des Katastrophenfalls. Der Brand breite sich mit hoher Geschwindigkeit aus und sei nun außer Kontrolle. Später, wir saßen alle noch am Frühstückstisch und diskutierten die Lage, kam sogar die Polizei, um uns ausführlich zu informieren und uns vor unbedachten Ausflügen zu warnen. Wahrscheinlich befürchteten sie, wir wären zu alt, dazu als Städter zu unerfahren im Umgang mit der Natur, um uns in dieser Situation vernünftig zu verhalten und bedürften darum besonderer Belehrung. Wir sollten keinesfalls ausgedehnte Spaziergänge unternehmen, erklärte der Polizist, der Brand sei unberechenbar, zumal der Wind nun doch immer wieder die Richtung ändere. Bossin drohe aber keine Gefahr, weil der Abstand zwischen Wald und Ort mehr als tausend Meter betrage.

Sylvie fragte, wie es auf der anderen Seite des Waldes aussieht.

Zwei Dörfer sind schon evakuiert, sagte der Polizist.

Und die Tiere, werden die auch evakuiert, fragte Katharina.

Nein, Tiere nicht, aber die Leute dürfen zweimal am Tag kurz in ihre Häuser, da können sie sich um die Tiere kümmern.

Aber wenn die Dörfer abbrennen, verbrennen die Tiere?

Er zögerte einen Augenblick, vielleicht hatte er selbst einen Hund oder Katzen, sagte dann aber mit fester Stimme: Das wird nicht passieren, es sind schon zweitausend Leute im Einsatz, die Dörfer werden nicht abbrennen, bestimmt nicht.

Gerlinde goss ihm einen Kaffee ein, er trank aber nur einen Schluck und verabschiedete sich, er müsse noch zu den Kressins, die seien beide fast taub und hätten vielleicht noch nicht mitbekommen, was los ist.

Am Nachmittag kam auch noch Jana Radmacher. Sie brachte einen Korb Kirschen, die hätte sie heute früh um fünf gepflückt, bevor die Stare alles holen, sagte sie. Aber eigentlich sei sie gekommen, um zu fragen, ob wir auch etwas spenden wollten. Sie sammle für die Helfer, die Feuerwehrleute und die Soldaten, die brauchten Getränke, am besten was Süßes, was auch Kraft gibt, und Sandwiches, die sie schnell zwischendurch essen könnten.

Alex zog sofort sein Portemonnaie aus der Tasche und legte zweihundert Euro auf den Tisch. Das machen wir nachher unter uns aus, sagte er.

Die kämpfen wirklich bis zum Umfallen, sagte Jana. Dirk hat es noch gut, der kann zwischendurch nach Hause kommen zum Schlafen und Duschen, aber die von weither kommen, die schlafen in Zelten. Und die armen Leute, die jetzt in der Turnhalle untergebracht sind und Angst haben, dass ihre Häuser abbrennen. Aber Gott sei Dank haben sie wenigstens die Dörfer abgeriegelt, dass keine Plünderer reingekommen, geklaut werden kann also nichts. Wir haben zwei Schulfreunde von den Kindern bei uns aufgenommen, na ja, man hilft eben, wo man kann.

Sie bedankte sich für die Spende, deren Höhe sie offenbar für angemessen hielt, und sagte, dann wolle sie mal gleich zum Bäcker und in den Supermarkt fahren und einkaufen.

Amadeus meinte später, zweihundert Euro für uns alle sei vielleicht zu wenig gewesen, aber Michael Jahnke fand die Summe ausreichend.

Wer weiß, wie lange das dauert, die kommen bestimmt noch mal wieder, sagte er.

Eigentlich könnten wir doch auch jemanden aufnehmen, sagte Sylvie, die Zimmer im Souterrain stehen alle leer.

Katharina wollte lieber die Tiere beherbergen, wenigstens die Hunde, weil für die Menschen schon gesorgt werde, und Katzen kämen auch allein zurecht, worauf Gerlinde einen kleinen Schreckensschrei ausstieß. An Pablo hätte sie sich ja gewöhnt, aber fremde Hunde, und dann gleich viele, nein, das überfordere sie doch.

Und auch Mary war entschieden dagegen, die Tiere zu bevorzugen, wir sollten lieber den Kindern Sicherheit und Ruhe geben, sie könnte dann auch schon mit ihrem Lesezirkel beginnen.

Und was macht ihr, wenn die Dörfer wirklich abbrennen, fragte Alex, bleiben die dann alle hier, die Hunde und die Kinder?

Ich hatte Mühe, nicht zu lachen und zündete mir schnell eine Zigarette an.

Alle blickten starr auf Alex, man sah ihren ratlosen Gesichtern an, dass sie die möglichen Folgen ihres guten Willens nicht bedacht hatten.

Die werden schon nicht abbrennen, sagte Sylvie.

Ich sagte wieder mal: Na ja …

Die Meinungen schwankten eine Weile hin und her, bis sich doch zwei Fronten formierten. Gerlinde und Mary waren sich einig, dass sie sich in einem halb leeren Haus nicht wohlfühlen könnten, wenn die Opfer der Katastrophe in Notunterkünften hausen müssten.

Und dann wohnen die hier, bis man ihnen neue Häuser gebaut hat? fragte Sylvie. Kinder und Hunde scheiden dann sowieso aus, sonst muss man die Eltern oder Besitzer ja dazuholen, und am Ende wohnen wir selbst dann zu zweit in einem Zimmer?

Aber die meisten hätten doch Verwandte und Freunde in der Umgebung, sagte Johannes, die auch in halb leeren Häusern wohnten und bei denen sich die Leute vermutlich wohler fühlten als bei uns, schließlich seien wir für die so fremd wie sie für uns.

Amadeus schwieg und lächelte wie jemand, der gerade bestätigt sieht, was er schon immer gewusst hat. Auch Katharina hielt sich zurück, nachdem ihre Idee zur Hunderettung als gescheitert gelten musste. Vielleicht dachte sie auch an den Streit um Pablo und ihren unbedachten Satz, der Michael Jahnke zum Klassenkämpfer hatte werden lassen, und vermied allein darum die Parteinahme. Sogar Michael Jahnke verweigerte diesmal Mary die Gefolgschaft, sodass die beiden Frauen mit ihrem schlechten Gewissen, für das es bisher noch gar keinen Anlass gab, allein blieben. Eine Weile verteidigten sie noch ihre Stellung, Gerlinde sprach von christlicher Nächstenliebe, Mary von Solidarität. Am Ende konnten wir uns nur darauf einigen, bei der nächsten Sammelaktion noch einmal zweihundert Euro zu spenden. Vielleicht war es den beiden sogar recht, dass ihnen die Folgen ihrer Herzensgüte erspart bleiben würden. Ein anhaltender Streit wurde vermieden, trotzdem schien es, als fühlte sich keine der beiden Parteien mit dem Ergebnis wohl. Mary und Gerlinde durften sich zwar moralisch überlegen fühlen, hatten sich aber nicht durchgesetzt. Die anderen hatten zwar das Haus vor unerwünschten Eindringlingen bewahrt, blieben aber mit dem schalen Gefühl zurück, Bedürftigen die nötige Hilfe verweigert zu haben.

Zu den Abendnachrichten trafen wir uns wieder in der Bibliothek. Diesmal wurde über unseren Brand in einem ausführlichen Beitrag berichtet. Eine Kolonne von Panzern, die breite Schneisen um den Wald zogen, wurden gezeigt, Hubschrauber, die mit großen Beuteln Wasser aus einem See schöpften und über den Wäldern abwarfen, ein Zelt mit gespendeten Getränkekisten, entkräftete Feuerwehrleute und Soldaten, die Bäckerfamilie, die Tag und Nacht für die Helfer arbeitete. Eine alte Frau wurde interviewt, die Angst um ihr Haus hatte und weinend ihr Gesicht in den Händen vergrub.

Mein Gott, die armen Menschen, seufzte Gerlinde und wischte sich die Augen, als hätte auch sie mit den Tränen zu kämpfen.

Ach ja, die Tränen des Scipio, kommentierte Amadeus mit sanftem Spott.

Niemand von uns, nicht einmal Johannes, wusste, was es mit den Tränen des Scipio auf sich hatte.

Das erkläre er später, sagte Amadeus, denn auf dem Bildschirm hielt gerade ein hoher Offizier der Bundeswehr eine Ansprache an die Soldaten und Feuerwehrleute.

Bisher haben wir verteidigt, das heißt, wir haben die Dörfer geschützt, verkündete er mit der entschlossenen Stimme eines Anführers, jetzt gehen wir zum Angriff über. Heute haben unsere Bergepanzer den Weg gebahnt. Wir werden das Feuer besiegen.

Na, das klingt doch ermutigend, sagte Alex, und ich fragte Amadeus, was er Gerlinde und uns mit den Tränen des Scipio eigentlich sagen wollte.

Der Verweis auf Scipio sei wohl ein bisschen übertrieben, wenn auch nicht abwegig, sagte er, aber eben eine schöne Geschichte. Scipio, ein junger Feldherr mit philosophischen Ambitionen, führte den letzten Krieg Roms gegen Karthago an, die Stadt soll siebzehn Tage gebrannt haben. Später befahl Scipio, alles, was den Brand überstanden hatte, auch noch niederzubrennen. Er weinte, während er zusah, wie das einst mächtige Karthago in seiner Asche versank und zitierte dabei aus Homers Ilias: »Einst wird kommen der Tag, da das heilige Ilion hinsinkt, Priamos auch und das Volk des lanzenkundigen Königs.«

Befragt, warum er weine angesichts seines größten Triumphes, soll Scipio geantwortet haben, er fürchte sich vor der Zukunft, dass vielleicht ein anderer seiner Vaterstadt das gleiche Urteil sprechen könnte.

So viel zu Scipios Tränen. Am meisten fürchtet man doch immer das eigene Unglück, sagte Amadeus und strich dabei seiner Frau versöhnlich übers Haar, was Gerlinde ein gequältes Lächeln abrang.

Ich fragte mich, ob die arme Gerlinde ihr ganzes Eheleben lang im Schatten antiker Helden verbringen musste, ob jedes Weh und Klagen an großen historischen Ereignissen, die der Überlieferung wert waren, gemessen wurde.

Eigentlich war ich Amadeus dankbar, wenn er unsere vom beschränkten dörflichen Alltag geprägten Gespräche hin und wieder in die Sphären der großen Weltgeschichte hob, aber Gerlindes Mitleid für die leidenden Nachbarn mit dem paradoxen Gefühl eines römischen Kriegshelden gleichzusetzen, war nicht nur übertrieben, sondern gemein, denn schließlich hatte Gerlinde den Wald nicht angezündet wie Scipio Karthago.

Auch die anderen protestierten. Dann sei jedes Mitleid ja nur Selbstmitleid und sogar Trauer um einen Toten nur Angst vor dem eigenen Tod.

Es ist wohl gemischt, sagte Alex, wie das meiste. Die Fähigkeit, sich das Unglück eines anderen als das eigene vorzustellen, befähigt den Menschen doch erst zum Mitleiden und bedeutet nicht, dass er nur um das eigene Wohlbefinden fürchtet, obwohl ich zugebe, dass es von der Heuchelei nicht immer zu unterscheiden ist. Aber lebt nicht die Literatur, die Kriminalliteratur vor allem, überhaupt von der Lust, sich fremdem Glück und Unglück anzuverwandeln?

Über Katharinas Gesicht glitt so ein Lächeln, als hätte Alex gerade eine Erinnerung in ihr geweckt.

Das stimmt, sagte sie, ich habe als Kind, ich war vielleicht zehn oder elf, ein Buch gelesen über ein armes Mädchen, das irgendwo in der Steppe lebte, *Nisso das Mädchen aus Siatang*. Die musste auf dem nackten Fußboden schlafen und Suppe aus Gras essen. An viel mehr kann ich mich gar nicht erinnern, aber ich habe mein Bett abgezogen und auf der Erde geschlafen und habe mir eine Suppe aus Gras gekocht. Die Suppe habe ich allerdings nicht gegessen, weil sie so gefährlich grün aussah. Aber das hatte nichts mit der Angst von diesem Scipio zu tun, ich wollte mir so ein armes Leben nur vorstellen können.

Amadeus versuchte einzulenken. Es sollte ein Scherz sein, sagte er, offenbar kein guter. Aber Scipio sei ihm gerade eingefallen, wahrscheinlich weil die Ursache seiner Tränen auch ein Brand gewesen war. Natürlich seien die Menschen mit der Angst um ihr Hab und Gut zu bedauern, ihn hätte allerdings eher das Kriegerische in diesem Bericht fasziniert, die Bilder von Panzern und Hubschraubern, vor allem die Rhetorik des Offiziers, der von Verteidigung und Angriff gesprochen habe, als kämpfe man gegen einen erklärten Feind und nicht gegen die Natur.

Auf dieses Stichwort schien Michael Jahnke gewartet zu haben

Ja, Krieg, rief er plötzlich, es ist auch ein Krieg, ja, ein Krieg, den wir der Natur erklärt haben. Und wundern uns, wenn sie zurückschlägt. Warum brennt denn der

Wald? Wochenlang Hitze und kein Regen, der Klimawandel eben, ja, und da gibt es immer noch Leute, die das bestreiten. Und wer hat denn hundert Jahre lang den Boden mit Munition verseucht?

Michael Jahnke, Norberts Stellvertreter auf Erden. Aber während Norberts lustvoll misanthropischer Blick in das klimatische Inferno durchaus unterhaltsam gewesen war, reagierte Michael, sobald sich das Thema ergab, mit hilfloser Empörung. Seine Stimme wurde schrill, er ruderte mit den Armen und bot in seiner Aufgeregtheit einen eher lächerlichen Anblick.

Auch Katharinas Einwand, dass bisher Brandstiftung als Ursache vermutet wurde, besänftigte ihn nicht. Er zählte Waldbrände in Kalifornien und im Amazonas auf, prophezeite Wirbelstürme über Deutschland und das Absaufen von Küstenstädten und Inseln in den Meeren, bis Sylvie die Geduld verlor. Sie stand auf, legte ihm die Hände auf die Schultern und sagte: Das wissen wir doch, Michael, beruhige dich mal wieder, und Michael sank wie nach getaner Arbeit zurück in seinen Sessel.

Sylvie erzählte den alten Witz, in dem die Erde beim Umkreisen der Sonne einem anderen Planeten begegnet, der sie besorgt nach ihrem Gesundheitszustand befragt, weil sie so krank aussieht, und die Erde antwortet: Ach, ich habe Homo sapiens, das geht vorbei.

Wahrscheinlich hatte jeder von uns diesen Witz schon mehr als einmal gehört, trotzdem lachten wir, bis das Lachen auf unseren Gesichtern zu einem Dauerlächeln erstarrte. Wir lächelten und schwiegen, wahrscheinlich fürchtete jeder, mit dem nächsten Satz nur ein neues

Streitthema zu eröffnen. Katharina streichelte den Hund, der ergeben neben ihr saß, und sah teilnahmslos, aber immer noch lächelnd vor sich hin. Vielleicht dachte sie wieder einmal, dass sie das Haus doch besser verkauft hätte. Mich erinnerte Sylvies Witz an eine Reise vor dreißig oder mehr Jahren mit einer Journalistengruppe nach Baffin Island. Ich war für einen Kollegen eingesprungen, der eigentlich für die touristischen Beiträge zuständig war, sich aber kurz zuvor beim Joggen die Achillessehne verletzt hatte. Wir wurden in einem kleinen Flugzeug, das für gewöhnlich für Post- und Krankentransporte eingesetzt wurde, von Iqaluit auf eine der Inseln in der Baffin Bay geflogen. Entweder wollten uns die Piloten wirklich einen Gefallen tun oder es bereitete ihnen Vergnügen, uns zu erschrecken, jedenfalls flogen sie so tief, dass ich den Schatten des Flugzeugs auf den zerklüfteten Felswänden sah, die links und rechts von uns aus dem Wasser ragten. Damit wir die Wale sehen könnten, sagte der Pilot. Ich habe keinen Wal gesehen, nur das Wasser, in dem sich die Sonne silbrig spiegelte, und die spitzen, rissigen Felsen, vor Millionen Jahren erstarrte Lavafontänen, dazwischen vielleicht wirklich Wale. Aber kein Platz für Menschen. Es war ein dunkles, friedliches Bild, das sich mir eingeprägt hat, und in dieser Minute habe ich gedacht, dass der Mensch auf der Erde ganz überflüssig ist. Daran erinnerte ich mich genau.

Ich überlegte, ob ich die Geschichte erzählen sollte, schwieg aber lieber wie die anderen, schon um Michael Jahnkes Weltrettungsreflex nicht wieder zu aktivieren.

Ich verabschiedete mich als Erste, hörte aber kurz darauf Sylvies Tür klappen und auch die schweren Schritte von Johannes, dessen Zimmer am Ende des Flurs lag.

***

14

Entgegen allen Befürchtungen war der große Brand nach drei Tagen gelöscht. Die Leute zogen wieder in ihre Häuser, es gab ein großes Abschiedsfest für die Helfer, und Jana Radmacher erzählte, sie hätte noch nie so viele glückliche Menschen auf einem Haufen gesehen, die Feuerwehrleute und Soldaten, weil sie den Feind besiegt hatten, und alle anderen, weil sie und alles, worum sie gebangt hatten, gerettet war. Immer wieder seien sich Menschen, die sich bis dahin kaum gekannt hatten, vor Dankbarkeit und Glück in die Arme gefallen, wie eine Familie, so schön sei das gewesen, sagte Jana.

Einige Tage danach kam der Regen, der auch die letzten Glutnester auf dem Waldboden löschte. Die aufziehenden dunklen Wolken hatten wir noch ungläubig beobachtet, bis die ersten schweren Tropfen fielen. Zwei Tage und zwei Nächte hing der Regen wie eine Wand zwischen Himmel und Erde. Ich stand an dem geöffneten Fenster, lauschte dem monotonen Rauschen, das jedes andere Geräusch in sich aufzusaugen schien und mächtig und beruhigend auf die Landschaft niederging.

Ein paar Tage zu spät kommst du, sagte ich leise. Meine Neigung, mit Bäumen, dem Mond, sogar mit dem Regen zu sprechen, war in den letzten Jahrzehnten zur Gewohnheit geworden. Ich wusste nicht mehr genau, wann es angefangen hat, vielleicht als ein Baum in einem dunklen Wald in New Hampshire, jedes Mal, wenn ich bei meinen Spaziergängen an ihm vorbeikam, den gleichen knarrenden Laut von sich gab. Seit dem dritten Mal antwortete ich: Hallo oder guten Morgen. Es gab Fotografien von Bäumen, in denen Menschen, sogar ineinander verschlungene Paare verewigt schienen, sodass sich der Gedanke aufdrängte, der Mensch könnte in Bäumen fortleben. Natürlich glaubte ich das nicht, aber eine gewisse Unsicherheit blieb. Meine kindliche Gottgläubigkeit war mir schon in der Jugend abhandengekommen, und ich hoffte, dass sie sich wenigstens im Angesicht meines Todes wiederbeleben ließe. Das würde das Sterben sicher erleichtern.

Ich schloss das Fenster, legte mich auf das Bett, las oder schlief. Meine Tochter rief an, sie hatte in der Zeitung über unseren Brand gelesen. Sie mache sich Sorgen und ob ich schon eine Wohnung gefunden hätte.

Nein, der Makler meint, jetzt, während der Urlaubszeit sei es schlecht, log ich und nahm mir vor, mich endlich um eine Wohnung zu kümmern.

Mit unserem Besuch wird es vor dem Herbst nichts werden, sagte meine Tochter, Andreas ist mit seinem Vortrag nicht fertig, und ich muss noch eine Urlaubsvertretung übernehmen, und die Jungs wollen im Urlaub lieber in den Süden als in den Norden.

Schade, sagte ich, vielleicht komme ich nach den Ferien lieber zu euch.

Ja, vielleicht, obwohl ich mir eure Alterskommune gern angesehen hätte.

Eigentlich war ich erleichtert, dass aus dem verabredeten Besuch nichts wurde. Seit ich siebzig war, sorgte sich meine Tochter anscheinend über mein bevorstehendes Siechtum. Bei ihrem letzten Besuch, als ich noch in meiner Wohnung lebte, meinte sie, ich solle meine Dusche doch besser barrierefrei umbauen lassen. Wer weiß, vielleicht würde sie mir sogar raten, in Bossin zu bleiben.

Ich kümmere mich um eine Wohnung, sagte ich, und grüß die Jungs.

Mit dem Regen zog auch die Hitze ab. Alex verabschiedete sich endgültig. Diesmal wurde sein Aufbruch von keinem großen Bedauern begleitet. Seine Anwesenheit hatte mit der Zeit wohl an Attraktion verloren oder war von dem Brand überschattet worden. Mary und Michael nahmen ihre täglichen Radtouren wieder auf, und Sylvie packte ihre Tasche für einen Berlinbesuch. Die Tür zu ihrem Zimmer stand offen, ich setzte mich in einen Sessel und sah zu, wie sie Wäsche, Kleider und Schminkzeug sorgfältig in der Tasche verstaute.

Was machst du da eigentlich immer, in Berlin, fragte ich.

Sylvie sah mich an, schüttelte den Kopf. Ja, was macht man in Berlin? Ich treffe Leute, geh ins Kino, ins Restaurant, zum Friseur, was man eben so macht in der Stadt.

Und wo schläfst du?

Im Bett, sagte Sylvie mit einem gewissen Trotz in der Stimme, der mich reizte weiterzufragen.

In welchem?

In meinem.

Du hast deine …?

Sylvie schloss schnell die Tür, fuhr sich verlegen durch die Locken und gestand mit einem schuldbewussten Lächeln, dass sie ihre Berliner Wohnung behalten hätte, jedenfalls zwei Zimmer, eins hätte sie vermietet. Das wisse nicht einmal Katharina, und ich möge sie bitte auf keinen Fall verraten, solle aber unbedingt einmal mitkommen nach Berlin.

Ich hätte es mir denken können. Sylvie passte so wenig in ein Dorf wie ein weißer Königspudel, und ihr Traum vom Leben in einem Schloss konnte nur das Leben in einem Stadtschloss meinen oder, wenn es schon auf dem Land stehen musste, eben als die luxuriöse Ergänzung ihres Stadtlebens.

Ich war wütend. Ich war nicht oft wütend. Wütend sein war ein Gefühl, das mir missfiel, es war grob und hilflos. Aber dass es Sylvie war, die Katharina in dieses Abenteuer getrieben hatte, weil sie wie ein Kind von einem Leben im Schloss schwärmte, und die nun, nachdem es kein richtiges Schloss war und darin auch keine wirklichen Schlossherren wohnten, sich klammheimlich einen Ausgang durch die Hintertür gesichert hatte, nein, schlimmer, dass sie von Anfang an vorgesorgt hatte für den Fall, dass der Traum sich als Schaum erweisen könnte, empörte mich nicht nur, sondern machte mich ungeheuer wütend.

Du bist eine hinterhältige, egoistische Verräterin, sagte ich, wenn du das machst, wenn du hier einfach wieder abhaust, spreche ich mit dir im ganzen Leben kein Wort mehr.

Sylvie sah mich erschrocken an, ließ eine Bluse, die sie gerade in der Hand hielt, achtlos auf die Tasche fallen und beteuerte, auf keinen Fall abhauen zu wollen, nur ab und zu brauche sie die Stadt, die Müllers führen schließlich auch nicht nur zu Ärzten, sondern gingen in die Oper oder ins Konzert, und ihr Haus hätten sie auch noch, darin wohnten zwar jetzt die Kinder, aber sie könnten auch zurück, wenn sie wollten. Und du, sagte Sylvie, nun von der Verteidigung in den Angriff wechselnd, du willst schließlich auch nicht hierbleiben, benutzt es aber gern als Notlösung.

Ich ging, ohne ihr zu antworten. Sylvie blieb eine Woche in Berlin oder sonstwo. Ich sagte Katharina nichts von der Berliner Wohnung.

Nach dem Regen erwachte die Natur aus ihrer Ohnmacht. Über Nacht war die Wiese wieder von einem grünen Schleier überzogen, die Stauden standen aufrecht, auch wenn der Regen ihnen die letzten Blüten abgefetzt hatte. Ich unternahm kleine Wanderungen, allein oder mit Katharina, manchmal nahm ich nur Pablo mit. Mit den sinkenden Temperaturen schienen sich auch unsere Gemüter abgekühlt zu haben. Vielleicht waren wir uns durch den Besuch von Alexander und die Aufregung, in die der Brand uns versetzt hatte, zu nahe gekommen, jedenfalls saßen wir an den Abenden nicht mehr gemeinsam auf der Terrasse oder in der Bibliothek. Bei meiner chronischen Abneigung gegen kollektive Unternehmungen hielt ich das für eine natürliche Reaktion. Schließlich hatte ich nie in das Haus einziehen wollen. Die anderen, außer Johannes, hatten damit den Wunsch nach Gemeinsamkeit verbunden. Aber die Müllers blieben wie zuvor am liebsten unter sich, Mary und Michael Jahnke machten ihre Ausflüge und kümmerten sich um den Garten, Sylvie fuhr nach Berlin, nur Katharina, Johannes und ich verbrachten oft die Abende miteinander, suchten aber auch nicht die Gesellschaft der anderen, als schwelten, wie bei dem Waldbrand, zwischen uns Glutnester, die bei jedem Windstoß wieder aufflammen könnten.

Während eines unserer Abendspaziergänge durch den Park fragte ich Katharina, ob sie ihre Entscheidung für diese Hausgemeinschaft inzwischen vielleicht bereut.

Wir saßen wieder auf der kleinen Bank vor der Kapelle. Pablo lief, die Nase dicht über der Erde, kreuz und quer über die Wiese und verfolgte eine Spur, die ihn immer wieder auf dieselbe Fährte führte. Katharina sah ihm zu, lachte, als hätte sie meine Frage nicht gehört, sagte dann unvermittelt: Ich bin hier eigentlich die Unfreieste von allen. Jeder könnte wieder ausziehen, wenn es ihm nicht gefällt, nur ich nicht. Ich hätte damals länger nachdenken sollen, spätestens als wir Werbetouren veranstalten mussten, damit überhaupt jemand einzieht, womit ich nicht sagen will, dass ich es wirklich bereue. Es ist schön hier, und die Stadt vermisse ich nicht. Aber vielleicht hätte ich lieber eine Hundepension eröffnen sollen, dazu eine kleine Praxis. Ihr hättet mich alle besuchen können, Zimmer gibt es ja genug. Und wenn es mir zu viel geworden wäre, hätte ich das Haus verkaufen können. Aber jetzt? Ich kann doch die Müllers, Mary und Michael nicht einfach wieder rausschmeißen. Wahrscheinlich würde ich mich wohler fühlen, wenn es nicht mein Haus wäre. Aber so ist das eben, erst träumt man von einer Gemeinsamkeit, und wenn man sie hat, träumt man von der Freiheit.

Na ja …, sagte ich.

Na ja, na ja, du mit deinem Na ja, ich weiß, du warst nie überzeugt von dem ganzen Vorhaben.

Ich sagte, vielleicht lebten wir beide schon zu lange allein, um in so einer Gemeinschaft glücklich zu werden. Ich sei immer froh, wenn ich morgens aufwache und niemand außer mir durch die Wohnung läuft.

Ach, sagte Katharina, nur ein kleines, sehnsüchtiges Ach.

Ich wusste, dass sie lange verheiratet gewesen war und dass ihr Mann an Krebs gestorben war. Sie hat über ihre Ehe nie sprechen wollen. Ich nahm an, dass sie den Verlust nie verwunden hatte oder dass es ihr unpassend erschien, über ihre Trauer zu sprechen.

Nein, sagte Katharina, sie hätte nicht darüber sprechen wollen, weil sie auch nicht daran denken wollte, weil sie diese unselige Zeit nicht nachträglich verlängern wollte. Aber inzwischen, ach Gott, es ist alles so lange her, sagte sie, willst du das wirklich wissen? Wir haben uns auf einer Tagung getroffen, Hans und ich, sind dann bis zum Morgen durch die Bars gezogen und haben uns zum Abschied geküsst. Kurz darauf begannen die Ferien, und er schickte mir aus dem Urlaub eine Karte mit der Stadtansicht von Florenz. Als ich die Schrift gesehen habe, sagte Katharina, habe ich vor Schreck »ach du Gott« vor mich hin gesagt, eine Schrift wie von Mäusezähnen gebissen, so winzig und gleichmäßig. Wir haben uns dann wieder getroffen, und ich habe mich verliebt, trotz der Schrift.

Hans war verheiratet und fast zehn Jahre älter als Katharina. Zwei Jahre trafen sie sich regelmäßig. Hans erfand Tagungen und Nachtdienste, sie verbrachten Wochenenden miteinander, und je länger es dauerte, umso mehr litt Katharina. Sie wollte Hans ganz für sich oder gar nicht, sie trennte sich, hielt es nicht aus, rief ihn wieder an, es ging weiter, bis sie sich endgültig trennte und Hans wieder anrief. Katharina stellte ihm ein Ultimatum, und Hans zog bei seiner Frau aus. Er ließ sich scheiden und hat das Katharina nie verziehen.

Er hat sich erobern lassen wie ein Pokal, sagte Katharina, und war gedemütigt, weil er erobert wurde. Ich glaube, er hat mich dafür gehasst, nicht immer, aber oft. Ich hätte ihn nicht erobern dürfen, er war ein schwacher Mensch. Ich hätte ihn nicht heiraten dürfen. Aber ich habe ihn geheiratet, weil ich ihn erobert hatte, und ich hatte zu lange um ihn gekämpft, um zuzugeben, dass alles nur ein Irrtum war. So lebten wir sieben Jahre, wir schrieben einander Briefe, weil wir nicht mehr miteinander reden konnten. Ich glaube, ich schrieb sieben Jahre lang immer den gleichen Brief, in dem ich beteuerte, ihn zu lieben und nicht vernichten zu wollen. Er lebte in dem Wahn, ich wolle ihn vernichten. Vielleicht hatte ich ihn ja vernichtet, als ich ihn aus seinem Leben gerissen habe, ja, so war es wohl. Als wir endlich beide aufgeben wollten, bekam er die Diagnose: Morbus Waldenström, unheilbar, Lebenserwartung fünf Jahre. Ich konnte ihn nicht mehr verlassen und er mich nicht. In den ersten Jahren ging es ihm noch gut, dann begannen die Therapien, Rückfälle, wieder Therapien. Wir kamen uns wieder sehr nahe, vielleicht habe ich mir die Liebe auch nur eingeredet, ich wollte ihn wieder lieben, weil es sonst nicht zu ertragen gewesen wäre, oder ich liebte ihn wirklich, weil der Hans unserer ersten Zeit wieder zum Vorschein kam, jetzt, so bedroht und schwach. Ich war bei ihm, als er starb, er war nicht bei Bewusstsein. Ich fuhr nach Hause, saß stundenlang auf dem Sofa und konnte nicht mehr denken als den einen Satz: Es ist vorbei. Ich trauerte und war erleichtert. Es war vorbei. Ich organisierte die Beerdigung, brachte seine Kleidung zum Roten Kreuz, verschenkte alles, was ihm sonst gehörte und sein Sohn nicht haben wollte. Ich fühlte mich, als hätte man mich nach langer Zeit von einem Ganzkörpergips befreit. Verstehst du, und das alles, weil ich in meiner Verblendung und meinem unbedingten Wollen alles in mir überhört habe, was mich hätte warnen müssen.

Sie griff nach meiner Zigarettenschachtel und dem Feuerzeug, die zwischen uns lagen. Sie rauchte seit drei Jahren eigentlich nicht mehr, jedenfalls nur selten.

Nach ein paar Zügen sagte sie: Ich war zweiundvierzig, als Hans starb. Ich habe noch lange mit mir, mit ihm, mit dem Schicksal gehadert. Ich wäre lieber nicht allein geblieben, es gab noch zwei Affären, aber Nähe ängstigte mich, ich war verdorben fürs Zusammenleben. Und dann war da plötzlich das Haus wie eine Verheißung gegen ein einsames Alter.

Es war fast dunkel geworden, Pablo schlief zu unseren Füßen, durch die Bäume drang das Licht aus den Fenstern des Hauses. Wir schwiegen, rauchten, ich versuchte, Katharinas Ehegeschichte mit meinem Bild von ihr zu vereinen. Eine so besessene Liebe hatte ich ihr nicht zugetraut. Ich kannte sie zwar gefühlvoll, aber immer beherrscht, zuweilen spröde, was ich mir als professionelle Prägung erklärt hatte, schließlich konnte sie nicht bei jedem sterbenden Hund zusammenbrechen.

Ist es nicht seltsam, sagte Katharina, ich kann bei jedem Tier besser verstehen, warum es was tut, als bei mir selbst. Tiere tun, was sie tun müssen. Und wir ...?

Wir machen, was wir wollen und verstehen oft erst viel später, warum wir etwas gewollt haben, sagte ich und dachte an den Karton mit meinen Tagebüchern, die ich immer noch nicht gelesen hatte.

Warum hast du mir eigentlich nicht früher von deiner schrecklichen Ehe erzählt, fragte ich.

Ja, warum? Weil ich nicht mehr daran denken wollte? Weil ich nicht wollte, dass du das von mir weißt? Weil ich selbst schuld war an dem ganzen Unglück?

Aber warum heute? Hast du Angst, dass dir mit dem Haus das Gleiche passiert wie mit Hans, dass du dir selbst in die Falle gegangen bist?

Vielleicht, manchmal, sagte Katharina, wenn ich mir vorstelle, du gehst wieder, Johannes auch, Sylvie fährt nach Berlin, und ich bleibe hier allein mit Mary, Michael Jahnke und den Müllers.

***

15

Im September eröffnete Katharina ihre wöchentliche Sprechstunde. Sie brachte im Supermarkt und an der Tafel für amtliche Verlautbarungen neben dem öffentlichen Briefkasten einen Aushang an:

> Sprechstunde für Haustiere an jedem Dienstag von 14.00 bis 18.00 Uhr bei Dr. Katharina Klaas im Gutshaus Bossin. Anfallende Kosten nur für evtl. notwendige Medikamente, Behandlung und Beratung kostenlos.

Zwei Räume im Souterrain hatte sie notdürftig zur Praxis umgerüstet, einen für die Behandlung und einen als Wartezimmer, hatte ein Sortiment der gängigen Medikamente, Spritzen und die übliche Grundausrüstung bestellt. Als Behandlungstisch musste ein alter Tisch mit gekürzten Beinen dienen, der aber mit einer professionellen Auflage versehen wurde. Kompliziertere Fälle könne sie sowieso nur weitervermitteln, sagte Katharina. Ich wurde verpflichtet, mich notfalls als Sprechstundenhilfe zur Verfügung zu halten, das hieß widerspenstige Hunde und Katzen zu beruhigen oder mit energischem Griff zu umklammern, was Katharina offenbar nur mir zutraute.

In der Hoffnung auf dörfliche Fürsprache weihten wir

auch Helga Zupcke und Jana Radmacher in die bevorstehende Eröffnung ein. Helga Zupcke verstand sofort, was von ihr erwartet wurde.

Ich kenn ein paar Kater im Dorf, bei denen noch allet dran ist, sagte sie, meine eigene Katze, so ne ganz lütte, is nu trächtig, ich weiß auch von wem, so ein Bunter aus der Nachbarschaft, der immer um meinen Hof rumschleicht. Den bring ich eigenhändig her, wennt sein muss, sagte sie.

Gerlinde entdeckte den Anschlag neben dem Briefkasten, ehe Katharina sie auf den möglichen Ansturm von Dorfkötern auf unser Haus vorbereitet hatte. Sie drohte einen Rückfall an, ihre Canophobie könne wieder ausbrechen, sodass auch der schwer erkämpfte Frieden mit Pablo gefährdet sei. Und überhaupt, Pablos Anwesenheit sei doch als vorübergehend angekündigt worden, davon sei wohl auch keine Rede mehr.

Katharina atmete tief durch, rang sich ein beschwichtigendes Lächeln ab und versicherte, dass kein Hund den Wohnbereich betreten würde, sondern den Eingang zum Souterrain benutzen müsse und Gerlinde in keiner Weise behelligen würde. Und Pablo, sagte Katharina nun streng, würde vielleicht für immer bleiben. Es sei nicht sicher, dass seine Besitzerin ihre Krankheit überlebe.

Die Andeutung eines möglichen Todes ließ Gerlinde auf weitere Beschwerden verzichten, ihr gemurmeltes Bedauern klang sogar aufrichtig.

Am ersten Mittwoch kam nur Jana Radmacher mit dem Kater ihrer Schwiegereltern in die Sprechstunde, Helga Zupcke hatte den Bunten aus ihrer Nachbarschaft wohl noch nicht einfangen können. Katharina meinte, die Leute kämen schon noch, auf dem Dorf gehe eben alles ein bisschen langsam. Seit sie mit dem Einrichten ihrer kleinen Praxis beschäftigt war, schienen ihre Zweifel an dem Hausprojekt verflogen zu sein, jedenfalls sprach sie nicht mehr darüber.

Auch Mary widmete sich mit einer Leidenschaft, die ich aus ihrer Buchhändlerzeit an ihr kannte, der Gründung eines Lesekreises für Kinder. Sie traf sich mit der Lehrerin und einigen Müttern, erkundete die Lesefreudigkeit und Interessen der Kinder, was nicht ermutigend ausfiel, aber Mary in ihrer Mission erst recht antrieb. Sie durchforschte das Internet nach alten und neuen Kinderbüchern, die für die Altersgruppe von sechs bis zehn gleichermaßen interessant sein könnten, und entschied sich am Ende für Grimms Märchen. Ehe sie unter Batman und Harry Potter endgültig begraben werden, sagte sie. Da würde jeder das ihm Gemäße herauslesen, vor allem könnten die Kinder erfahren, dass es schon immer Wunder, Geheimnisse und Helden gegeben hat.

Für ein paar Stunden in der Woche wurden Mary und Katharina nun wieder zu den Personen, die sie vor ihrer Verwandlung in Bossiner Pensionäre gewesen waren. Ich war froh, dass diese Personen in ihnen noch lebten, obwohl ich das Gefühl hatte, in mir spiele sich gerade der gegenteilige Prozess ab. Je länger mein Aufenthalt hier dauerte, umso weniger sträubte es sich in mir gegen die Eintönigkeit der Tagesabläufe, die Mahlzeiten, die Lektüre, die Spaziergänge, das Ritual der abendlichen Treffen zur Nachrichtensendung. Ich war sogar erleichtert, dass über politische Themen fast nie gestritten wurde, wenn anzunehmen war, es könnte unüberbrückbare Meinungsverschiedenheiten geben. Nicht einmal die Anwesenheit von Michael Jahnke oder der Besuch der Müller'schen Kinder störte mich noch. Es schien, als würde eine gütige Gleichgültigkeit nach und nach von mir Besitz ergreifen. Ich konnte stundenlang im Garten sitzen, den Zug der Wolken am Himmel beobachten oder das krabbelnde Getier im Gras, ich genoss die Sinn- und Ziellosigkeit meiner Gedanken, die mir wie Traumbilder durch den Kopf strömten. Oder ich stellte mir vor, wie die Erbauer dieses Hauses hier durch den Garten und den Park spaziert sind, die Töchter in langen, spitzenverzierten Kleidern, Jungen in Matrosenanzügen, eine Effi Briest und ein Tadzio, oder wie ich selbst als Tochter eines Barons hier aufgewachsen wäre. Als junges Mädchen war ein Traumbild von mir, wie ich in einem langen Kleid, die Fülle des Rocks mit den Fingerspitzen leicht anhebend, eine prächtige Treppe hinabsteige. Ob dieses Sehnsuchtsbild von Vivien Leigh als Anna Karenina oder doch von Romy Schneider als Sissi oder von irgendeinem anderen Film in mir ausgelöst worden war, konnte ich nicht mehr sagen, aber geblieben war mir davon eine lebenslange Vorliebe für lange Röcke und Kleider. Als ich meiner Mutter damals erklärte, ich wäre gern zweihundert Jahre früher zur Welt gekommen, lachte sie nur und fragte: Als wer? Wir seien die Abkömmlinge armer Bauern, und ich wäre bestenfalls eine Dienstmagd gewesen und die Treppe, von der ich träumte, der Dienstboteneingang. Solche Dinge fielen mir ein, wenn ich im Garten saß, vor mich hin träumte und, wenn ich die Augen schloss, glauben konnte, im Rauschen der

Bäume die brandenden Wellen eines Meeres zu erkennen. Und manchmal dachte ich, dass es schön sein müsste, hier im Schatten der großen Esche, umweht von einem lauen Wind und umschwirrt von Bienen und Schmetterlingen, zu sterben. In Stunden wie diesen konnte ich mir sogar ein dauerhaftes Leben in Bossin vorstellen, nur unterbrochen von gelegentlichen Reisen oder Aufenthalten in Berlin wie Sylvie, der ich vielleicht Unrecht getan hatte mit meiner Unterstellung, sie hätte von Anfang an geplant, sich wieder davonzustehlen.

Über derartige Anwandlungen sprach ich nur mit Johannes Bertram, der sich in einer ähnlichen Lage befand wie ich. In Katharina wollte ich keine falsche Hoffnung wecken.

Johannes sagte, das alles komme ihm bekannt vor, der Puls schlage hier langsamer. Irgendwann schlafe man ein und merke es vielleicht nicht einmal. Der Sommer sei verführerisch, der Herbst auch, aber er hätte hier auch schon ein paar Winterwochen verbracht, und das sei doch eine Herausforderung gewesen, auch wenn er den Abstand zu seiner ehelichen Katastrophe als befreiend und heilsam empfunden hätte. Vor allem die frühe Dunkelheit und dieser ungebremste Wind, der den Aufenthalt im Freien oft zu einem Kampf werden lasse, da müsse man schon wissen, warum man diesen Ort gewählt hat. In seiner Lage hätte er das Haus vor allem als seine Fluchtburg angesehen.

Wir saßen an dem kleinen weißen Tisch unter der Birke mit den tief herunterhängenden Zweigen. Die Schatten der Blätter flatterten über das Gesicht von Johannes und inszenierten darauf ein koboldhaftes Minenspiel, mal sah er heiter aus, dann wieder erschrocken oder sogar böse, nur seine Stimme blieb gleichmäßig sanft mit ihrer sächsisch-melodiösen Färbung.

Und jetzt, fragte ich.

Und jetzt? Ja, es ist alles ungewiss, aber der angekündigte Anwaltsbrief ist gekommen, sagte Johannes, und der klingt bedrohlich.

Ich empfahl ihm noch einmal meine Haifisch-Anwältin, aber Johannes meinte, es sei vielleicht doch besser, einen Dresdener Anwalt zu nehmen. Sein Sohn hätte schon einen gefunden, der Thea erst einmal nahelegen soll, aus dem Haus auszuziehen, das ja nun den Kindern gehört. Allerdings hätten sie pro forma auch ihm kündigen müssen, schließlich sei sie ja noch seine Ehefrau.

Ich gab einen bedenklichen Laut von mir, aber Johannes wehrte jeden Verdacht gegen seine Kinder entschieden ab.

Den Sohn zieht es sowieso ins Ausland, die Tochter wohnt in Hamburg, sagte er, natürlich kann ich, solange ich lebe, über das Haus verfügen. Aber will ich nach all dem dahin zurück? Ich weiß nicht …

Also wollen Sie doch Bossiner werden?

Und Sie?

Das Leben ist so leicht hier, sagte ich, vielleicht zu leicht, man spürt es kaum.

Dann versuchen Sie es doch mal mit dem Winter, vielleicht ist es Ihnen dann schwer genug, sagte Johannes.

Vielleicht, sagte ich.

Ich hatte mich immer noch nicht um eine Wohnung

gekümmert. Insgeheim hoffte ich, ein Zufall würde mir die Entscheidung abnehmen, ein Freund, der einen zuverlässigen Mieter für seine Eigentumswohnung suchte, oder jemand, der ins Ausland zog und dringend einen Nachmieter brauchte. Es war unwahrscheinlich, dass ein solcher Zufall eintrat, wenn man ihn brauchte, und so gesehen war meine Hoffnung darauf fast eine Entscheidung, nämlich für eine noch nicht absehbare Zeit in Bossin zu bleiben.

Vielleicht, sagte ich noch einmal, Katharina würde sich freuen.

***

16

Die Tage wurden kürzer und die Abende kühl. Sylvie reiste nach Paris, wie sie es sich vorgenommen hatte. Sie fragte nicht noch einmal, ob ich mitkommen will. Johannes fuhr für einige Tage nach Dresden, um mit dem Anwalt seine Scheidungsangelegenheiten zu beraten. Ich hörte zufällig ein Telefongespräch mit seinem Sohn, in dem Johannes darum bat, bei ihm übernachten zu dürfen, weil er auf keinen Fall Thea treffen wolle. Die Müllers hatten seit zwei Tagen ihre Wohnung kaum verlassen. Ihr Mann fühle sich schwach, sagte Gerlinde, sie hätten schon mit dem Arzt gesprochen und würden heute noch nach Berlin fahren.

Mary schlug ein gemeinsames Abendessen vor, da wir jetzt nur zu viert seien und auf keine vegetarischen Extravaganzen Rücksicht nehmen müssten. Wir einigten uns auf Kalbsleber, die sich in ausreichender Menge in der Kühltruhe fand, Mary und Michael Jahnke übernahmen das Kochen. Es war Mittwoch, Katharina und ich hatten ab vierzehn Uhr Dienst in der wöchentlichen Sprechstunde, die sich allmählich rumgesprochen hatte und aus Neugier oder wegen der kostenlosen Behandlung auf zunehmendes Interesse stieß. Diesmal kam endlich auch Helga Zupcke mit dem Bunten und der schuldbewussten Nachbarin, der die Zupcke angedroht hatte, ihr beim nächsten Mal die Babys vor die Tür zu setzen. Manche kamen auch nur, um sich die Gesundheit ihres Tiers bestätigen zu lassen oder um zu fragen, welche Rassen in ihrem Hund vereint sein könnten. Immerhin ernährten sie ihre Tiere vernünftiger als sich selbst, außer einem uralten Dackel war kein Hund zu dick. Katharina tastete die Tiere ab, sprach fast zärtlich auf sie ein, fand für jedes lobende Worte, das eine war besonders süß, das andere besonders schlau oder besonders hübsch oder hatte ein besonders schönes Fell, jedenfalls konnte sich jeder ihrer Besitzer eines ganz besonderen Tieres rühmen.

Du hast einen schönen Beruf, sagte ich.

Ja, sagte Katharina, hatte ich.

Das Essen zu viert, von dem ich mir außer der Kalbsleber wenig versprochen hatte, geriet doch noch zu einem gelungenen Abend, was vor allem Marys wiedererwachter Buchhändlerseele zu verdanken war. Zuerst berichtete sie begeistert von ihrem Lesezirkel, für den sich zwar nur fünf Mädchen angemeldet hatten, mit denen Mary nun nicht Grimms Märchen, sondern *Alice im Wunderland* las. Sie hielt uns einen kleinen Vortrag über Lewis Carroll und *Alice im Wunderland* und sprach dabei so schnell wie früher, wenn sie einem Kunden ein Buch empfahl und fürchtete, er könnte die Geduld verlieren, ehe sie ihm alle Vorzüge des Buchs und seines Autors offenbart hatte. Wahrscheinlich hatte sie in ihrem langen Buchhändlerleben das Buch hundertmal angepriesen, jedenfalls schien es, als hätte sie den Text irgendwo in ihrem Hirn gespeichert und könnte ihn da ablesen wie von einem Teleprompter.

Vermisst du deinen Laden eigentlich, fragte Katharina.

Nein, das ist vorbei, die Erinnerung daran reicht für den Rest. In so einem Buchladen ist ja die ganze Welt versammelt, die Bücher von allen Kontinenten und die Kunden in jedem Alter mit so verschiedenen Interessen, die einen suchen Kochbücher, die anderen Kant, Hegel oder Sloterdijk, manche Krimis, die anderen Dante. Gelangweilt habe ich mich nie. Auch wenn ich den Laden nie verlassen hätte und nie eine Zeitung gelesen, ich hätte immer gewusst, was draußen gerade los ist, und wie es kommt und wieder verschwindet. Ich sage euch, man könnte ein Psychogramm der Nation nur nach den Buchverkäufen erstellen, sagte Mary und forschte in unseren Gesichtern, ob darin ein ermutigendes Interesse an ihren speziellen Erfahrungen mit der deutschen Befindlichkeit zu finden war. Es muss ausgereicht haben, denn Mary erzählte mit zunehmender Freude an der Fundgrube ihrer Erinnerungen weiter. Ob wir uns noch an die Arbeiterliteratur erinnerten, Max von der Grün oder an die »Bottroper Protokolle« von Erika …, der Nachname fiele ihr gerade nicht ein, Erika hieß sie jedenfalls, das waren die sechziger Jahre, da waren die Arbeiter interessant, auch die Gastarbeiter. Danach, in den Siebzigern, kam die Friedensbewegung, gegen Pershing und Kalten Krieg, das ging bis ins Kinderbuch. Sie hätte damals ein Plakat im Schaufenster gehabt: zwei Hände und ein zerbrochenes Gewehr. In den Achtzigern war es die Anti-Atom-Bewegung, da hatte sie ein Plakat mit einem Spruch von Günter Eich: Seid Sand, nicht das Öl im Getriebe der Welt! Damals hätten die Leute noch Gedichte gelesen, ganze Anthologien mit Friedensgedichten hätte es gegeben.

Ich sage ja, ein ständiges Kommen und Verschwinden. Heute wollen doch nur noch Liebhaber Gedichte lesen, sagte Mary.

Im Osten haben wir viel Gedichte gelesen, sagte Katharina, vielleicht sind Gedichte in schlechten Zeiten wichtiger.

Na ja, sagte ich, schließlich käme es auch auf die Gedichte an. Vielleicht werden in schlechten Zeiten andere Gedichte geschrieben, weil es den Dichtern nicht besser geht als ihren Lesern und alle nach Verbündeten suchen.

Ich weiß nicht, sagte Katharina, sucht man nicht eher Trost oder etwas Größeres, Gültigeres als die deprimierende Gegenwart? Es ist wie mit der Musik, wenn ich Mozart höre oder Schubert oder Beethoven, dann denke ich auch, es gibt etwas ganz anderes als das Alltägliche.

Früher sind die Leute sonntags in die Kirche gegangen, um sich erbauen zu lassen, sagte ich.

Genau, rief Mary dazwischen, viele Veranstalter haben nämlich den Sonntag für literarische Matineen entdeckt, als Ersatz für den Kirchgang sozusagen. Aber es kann schon sein, dass es uns im Westen zu gut ging, um Trost in Gedichten zu suchen, sagte Mary, jedenfalls kam in den Achtzigern die Anti-Atom-Bewegung. Gudrun Pausewangs *Die Wolke*, ich konnte die Bücher gar nicht so schnell auspacken, wie sie gekauft wurden, wahrscheinlich hat jedes Kind in Deutschland das gelesen. Aber auch das ging vorbei. Plötzlich kam die lateinamerikanische Literatur. Und selbst wenn ich es nicht aus der Zeitung und dem Fernsehen gewusst hätte, wäre mir in meinem Laden klar gewesen, in den spanischsprechenden Ländern muss was los sein. Chile, Argentinien, Kuba, Spanien, Allende und Pinochet, Franco gestorben, Castro, vor allem Che Guevara natürlich. Neruda, Marquez, Javier Marias usw., plötzlich wollten alle diese Bücher lesen.

Aber gab es Bücher aus Spanien oder Argentinien nicht schon früher, fragte Katharina.

Sicher, aber es ist wie mit der Mode, die Basics gibt es immer, aber dann kommt die Saison. So ähnlich ist es mit den Büchern auch, nur dass die Saison manchmal etwas länger dauert.

Ich wusste plötzlich wieder, warum ich mich mit Mary früher so gern unterhalten habe. Von Montag bis Sonnabendnachmittag um drei stand sie zwischen Bücherwänden und Kunden in ihrem kleinen Laden, im Sommer fuhr sie mit Martin und einer Kiste Bücher für vier Wochen immer in dasselbe französische Dorf. Worüber wir auch sprachen, ob über das Leben im Allgemeinen, den Tod oder Politik oder über unsere Enkelkinder, meistens wusste sie dazu etwas anderes als ich und konnte sich dabei auf ein Buch berufen, das sie vor Jahren oder Wochen gelesen hatte. Oder sie erzählte Geschichten von Kunden, oft von Kindern, und deren erstaunlichen Erweckungserlebnissen durch die Literatur. Marys Blick auf die Welt war gefiltert durch die Bücherwände ihres Ladens. Und jetzt, während sie, das Besteck in den Händen über die erkaltende Kalbsleber auf ihrem Teller hinweg, uns gestenreich das wellenartige Interesse der bundesrepublikanischen Leserschaft erläuterte, sah ich Mary wieder in ihrem Buchladen stehen, wie sie mit eindringlichem

Blick und dabei immer wieder mit der linken Hand auf ein Buch tippend, das sie in der rechten hielt, einen unschlüssigen Kunden davon überzeugen wollte, dass er, ausgerechnet er, dieses und kein anderes Buch unbedingt lesen musste. Wahrscheinlich würde sich dieser Kunde einige Wochen später bei Mary für ihren Rat bedankt und um die nächste Empfehlung gebeten haben, weil Mary eben diese magische Fähigkeit besaß, an Gestik, Mimik, Stimme und Kleidung zu erraten, welches Buch für welchen Menschen das richtige war. Und dann starb Martin, und mit ihm verblich Marys Magie. In Bossin haben Mary und ich kaum noch über Bücher gesprochen, als hätte Marys Leidenschaft sich ganz dem neuen Haus mit seinem Garten und Blumenbeeten anverwandelt, bis sie sich wohl selbst vermisst hat und auf die Idee mit dem Lesezirkel für Kinder gekommen ist. Und plötzlich war sie wieder da, die magische Mary.

Inzwischen war sie bei den Franzosen angelangt, für die sich bis in die Neunziger niemand interessiert hätte. Bis dahin hätten die meisten auf die Frage nach modernen französischen Autoren Camus oder Sartre geantwortet. Und dann, plötzlich gab es Annie Ernaux, die inzwischen fast achtzig war, und Didier Eribon, Houellebecq natürlich sowieso. Warum? Ich sage euch, die Lesekultur in Frankreich ist eine andere, da steht das Kunstwerk für sich, nicht der Autor und was er sonst so sagt, nur das Kunstwerk. Oder könnt ihr euch Houellebecq in Deutschland vorstellen?

Nein, konnten wir nicht.

Nun iss doch mal, wird doch alles kalt, sagte Michael

Jahnke, der Marys Exkurs durch die Literatur ohne sichtbares Interesse gefolgt war.

Mary führte eher mechanisch eine Gabel mit einem Klümpchen Kartoffelpüree zum Mund.

Was ist eigentlich mit den 68ern, spielen die gar keine Rolle, fragte ich.

Doch, doch, die waren das ständige Hintergrundrauschen, jedenfalls in Deutschland, in Frankreich die Dekonstruktivisten, das ist eben der Unterschied.

Und jetzt, auf welcher Welle schwimmen wir jetzt gerade, wollte Katharina wissen.

Seit einiger Zeit schon auf der gehobenen Unterhaltungsliteratur, würde ich sagen, die hat auch die renommierten Literaturverlage erobert, Krimis, Fantasy, Science-Fiction, Familiendramen und so weiter. Und natürlich die Migrantenliteratur, die ist auf dem Vormarsch. Und die haben natürlich …

In diesem Moment schnarrte Katharinas Telefon, und Gerlinde teilte mit, dass sie auf unbestimmte Zeit in Berlin bleiben würden, weil Amadeus dringend ein Stent gesetzt werden müsse, eine Arterie sei gefährlich verengt, darum hätte er sich so schlecht gefühlt in der letzten Zeit, sie wisse nicht, wie lange er im Krankenhaus bleiben müsse, wegen der Vorerkrankung sei es komplizierter, und sie bleibe natürlich bei Amadeus, nur dass wir uns nicht wunderten.

Mary gab einen unbeholfenen Laut des Bedauerns von sich. Eine Weile saßen wir stumm einander gegenüber, als hörte gerade jeder misstrauisch in sich hinein, ob das eigene Herz noch zuverlässig schlug. Bisher war niemand von uns, bis auf passagere Unpässlichkeiten oder Erkältungen, krank gewesen, Gespräche über Alter, Krankheit und Tod waren in stiller Übereinkunft gemieden worden. Selbst Amadeus war mit seiner Versehrtheit umgegangen, als wäre sie sein natürlicher Zustand. Ein Stent war, so viel ich wusste, keine gefährliche Angelegenheit, ein kleiner invasiver Eingriff, und die Arterie war wieder durchlässig, trotzdem erinnerte uns dieser Stent, der Amadeus nun gesetzt werden musste, an die eigene zu erwartende, vielleicht schon vorhandene, nur noch nicht bemerkte Hinfälligkeit, bis Katharina sich auf ihre professionellen Tugenden besann und erklärte, das sei wirklich nicht dramatisch, ein Routineeingriff, Amadeus zudem in besten Händen. Und Michael Jahnke sagte, so ein Ding hätte Norbert vielleicht retten können. Mary sah still vor sich hin, vielleicht dachte sie an Martin, wie er tot vor ihrem Bett lag, hingestreckt von einem Herzinfarkt, weil er nie zum Arzt gehen wollte.

Über die gegenwärtige Welle des literarischen Interesses und den natürlichen Erfolg der Migrantenliteratur erfuhren wir an diesem Abend nichts mehr.

***

17

Nach zwei Wochen kamen die Müllers zurück, und hätten wir es nicht besser gewusst, hätten wir glauben müssen, Gerlinde und nicht Amadeus wäre gerade ein Stent ins Herz gepflanzt worden. Während Amadeus einen gelassenen und gemessen an seiner üblichen emotionalen Zurückhaltung sogar vergnügten Eindruck machte, wirkte Gerlinde erschöpft, offenbar hatte sie es nicht einmal geschafft, zum Friseur zu gehen, wie das weiße Haar links und rechts des Scheitels vermuten ließ.

Sie ist mir nicht von der Seite gewichen, sagte Amadeus, sie hatte Angst, die Ärzte bringen mich um.

Eine befreundete Ärztin hätte ihr einmal gesagt: Wer ins Krankenhaus muss, braucht einen Bodyguard. Sie sei eben der Bodyguard von Amadeus gewesen, erklärte Gerlinde mit einem Lächeln, von dem ich nicht genau wusste, ob es stolz oder eher verlegen war.

Am Abend feierten wir Amadeus' Rückkehr wie eine gemeinsam überstandene Krankheit. Mary suchte im Internet nach einem vegetarischen Festessen und entschied sich für eine Pasta mit Gorgonzolasauce, Birnen und Walnüssen, außerdem gab es Katharinas Kürbissuppe, und ich wurde beauftragt, einen Pflaumenkuchen zu backen. Die Müllers waren sichtbar gerührt von der Freude, in die ihre Rückkehr uns versetzte und die uns wahrscheinlich selbst verwunderte. Nachträglich dachte ich, dass sie sogar mir gefehlt hatten, und ich fragte mich, warum Sylvies häufige Abwesenheit im gesamten Gefüge unserer kleinen Gemeinschaft weniger auffiel als das Fehlen der Müllers, die sich oft in ehelicher Zweisamkeit in ihre separate Wohnung zurückzogen und zu denen eine scheinbar natürliche Distanz nie überwunden wurde. Die Müllers waren anders, sie führten seit vierzig Jahren eine Ehe, die ich wahrscheinlich keine fünf Jahre ertragen hätte, sie hatten drei Kinder, die auch nicht geschieden waren und wieder Kinder hatten, die zum Geburtstag von Amadeus in festlichen Kleidern einen lateinischen Kanon sangen, den Gerlinde dirigierte. Wie ein impressionistisches Gemälde, habe ich gedacht, als ich zum ersten Mal die Müller'sche Familie auf der Wiese vor unserem Haus gesehen habe, und nicht wusste, ob ich bedauern sollte, dass ich für ein solches Leben einfach nicht geeignet war. Eigentlich passten die Müllers nicht in diesen Klub der Einsamen, Verlassenen und Einzelgänger. Sie waren das standhafte Gegenmodell zu Sylvies, Katharinas und meinen Lebensentwürfen. Jedenfalls dachte ich an diesem Abend zum ersten Mal, dass wir ohne die Müllers unvollkommen waren und dass mir ohne Amadeus' Gelehrsamkeit, ohne Gerlindes sonntäglichen Kirchgang und ihre Seidenblusen mit der Schleife am Hals etwas fehlen würde. Ein Soziologe würde uns wahrscheinlich erklären, dass sie gerade darum die fragile Konstruktion von Katharinas Gnadenhof, wie Alex unser Domizil genannt hat, in einem stabilen sozialen Gleichgewicht hielten. Vielleicht war es ja so. Ihr Beharren auf einem Leben, das ich nie hatte führen wollen, wirkte beruhigend und stimmte mich gleichermaßen wehmütig.

Ihre Rolle als Bodyguard gab Gerlinde auch in Bossin nicht auf. An sonnigen Tagen bettete sie Amadeus in einen Liegestuhl auf der Terrasse, bedeckte seine Beine mit einem blau-grün-karierten Plaid und stellte einen kleinen Tisch für Wasser oder Kaffee daneben. Amadeus müsse sich noch schonen, hätte der Arzt gesagt. Offenbar fühlte sich Amadeus trotz der reparierten Arterie seinen früheren Gewohnheiten noch nicht gewachsen, ich sah ihn nicht mehr bei seinen morgendlichen Spaziergängen, und auch Gerlindes Fürsorge nahm er ohne Widerspruch an. Oft saß er halb aufrecht mit geschlossenen Augen, die Hand mit dem geöffneten Buch auf der Brust in seinem Liegestuhl. Wenn man an ihm vorüberging, öffnete er meistens die Augen und lächelte. Ich war unsicher, ob er angesprochen werden wollte oder es vorzog, seine Ruhe zu haben. Ich hatte mir schon oft vorgenommen, das Gespräch mit ihm zu suchen, aber meistens war Gerlinde bei ihm, oder ich fürchtete, ihn zu stören. Seit unserer konspirativen Beratung über Gerlindes Canophobie hatten wir nie allein miteinander gesprochen. In der letzten Zeit waren auffallend viele Bücher über das Römische Reich erschienen, auch in Zeitungen fanden sich hier und da Artikel über Roms Untergang und überließen es dem Leser, ob er darin Parallelen zur Wahrnehmung seiner Gegenwart fand. Ich hätte gern gewusst, wie Amadeus darüber dachte. Eines Nachmittags, als Gerlinde mit Katharina in die Kreisstadt gefahren war, um Lebensmittel einzukaufen, die der Bossiner Supermarkt nicht zu bieten hatte, und Amadeus, als ich mit einer Tasse Kaffee und einem Buch in den Händen an ihm vorüberging, mich mit einem besonders freundlichen, geradezu einladenden Blick bedachte, fragte ich, ob ich ihm auch einen Kaffee bringen solle, was er dankbar annahm und mich dann sogar fragte, ob ich ihm vielleicht etwas Gesellschaft leisten würde.

Er hätte den Eindruck, ich fühlte mich hier inzwischen nach meinen anfänglichen Bedenken doch recht heimisch, sagte Amadeus.

Ich gab zu, meinen Widerstand aufgegeben zu haben, aber mich doch nicht für den Rest meines Lebens in Bossin verankern zu wollen.

Er sah mich an, als wollte er prüfen, was der Rest meines Lebens an Jahren bedeuten könnte, und sagte nach einer Weile: Für den Rest meines Lebens ist Bossin ein idealer Ort. Wenn ich die Nachrichten höre, der Krieg in Syrien, der Streit um den Brexit, die Aufregung um den Nobelpreis für Handke oder die Parteienposse in Österreich, um nur einige Meldungen dieses Monats zu nennen, dann bin ich dankbar für mein Bossiner Exil. Von hier aus lässt sich die Gegenwart betrachten wie etwas Vergangenes, an dem ich nicht mehr beteiligt bin. Darum bemüht habe ich mich gerade als Historiker natürlich auch früher, konnte aber nicht verhindern, zu oft in den Strudel der Aktualitäten zu geraten.

Ich war überrascht, dass Amadeus selbst das Thema anbot, nach dem ich ihn hatte befragen wollen.

Ich versuche auch manchmal, mir vorzustellen, wie spätere Generationen über uns denken werden, sagte ich, aber meine Zeitspanne reicht höchstens über vier Jahrhunderte vor und zurück, vom Dreißigjährigen Krieg bis heute und höchstens so weit nach vorn, aber eigentlich komme ich dabei zu keinem vernünftigen Ergebnis. Entweder sehe ich menschenleere Landschaften mit überwucherten Ruinen, vor denen sich die Tiere tummeln, oder ich stelle mir roboterähnliche Menschen vor, die von wirklichen Robotern nicht zu unterscheiden sind. Auf jeden Fall keine Menschen wie wir, die auch nicht mehr denken wie wir, weil sie sich etwas implantiert haben, das alles Unvernünftige aussortiert. Vielleicht sind wir für die nur noch eine Art Menschenaffen.

Amadeus lachte. Ja, da haben Sie wohl zu viel Science-Fiction-Filme gesehen. Obwohl auch diese Möglichkeiten natürlich nicht auszuschließen sind, wenngleich die Wahrscheinlichkeit dagegenspricht, jedenfalls innerhalb der nächsten vierhundert Jahre. Die Menschheit hat zwar die Möglichkeit geschaffen, sich auszurotten, aber irgendwo würde sie überleben und von vorne anfangen. Sehen Sie, vor siebzig- oder achtzigtausend Jahren soll es in der Population des Homo sapiens einen sogenannten genetischen Flaschenhals gegeben haben, also die Population schrumpfte auf einige Tausend Exemplare. Einige Anthropologen meinen aufgrund des Ausbruchs des Toba-Vulkans im heutigen Sumatra, der eine gravierende Erdabkühlung zur Folge hatte, andere sehen als Ursache eine kurze, aber heftige Kaltzeit. Wie auch immer, nur wenige Hundert fortpflanzungsfähige Individuen unserer genetischen Vorfahren haben das überlebt, und nun sind wir acht Milliarden, in einigen Jahrzehnten sogar elf.

Während der ganzen Rede wich das Lächeln nicht aus seinem Gesicht, als teilte er mir gerade etwas Tröstliches mit.

Aber nein, fügte er hinzu, dieses Szenario halte ich für sehr unwahrscheinlich. Der mögliche Weltuntergang, sei es durch eine gottgesandte Sintflut oder einen Kometen, beschäftigt die Menschen seit jeher. Der Unterschied zu heute ist nur, dass sie sich nun nicht vor Gott fürchten, sondern vor sich selbst. Ihre zweite Variante der menschlichen Selbstzerstörung hingegen halte ich für durchaus realistisch, man könnte sie auch die Selbstvergöttlichung des Menschen nennen, die göttliche Schöpfung ist unvollkommen, der Mensch erschafft sich darum selbst.

Immerhin mit Talenten, die Gott ihm gegeben hat, sagte ich, aber was meint Gott dazu, dass der Mensch ihm ins Handwerk pfuschen will?

Ich saß auf einem Stuhl, sodass Amadeus aus seiner halb liegenden Position zu mir aufsehen musste, was ihm wohl unbehaglich war, denn er schlug vor, dass wir uns besser an einen Tisch setzen sollten. Er hatte Mühe, sich selbst aus dem Liegestuhl zu stemmen, wollte sich aber von mir nicht helfen lassen. Immerhin ließ er zu, dass ich ihm den kalten Kaffee und das Wasserglas hinterhertrug.

Tja, da ist man, fürchte ich, als Altertumswissenschaftler auch nicht viel schlauer als der Rest der Welt, sagte Amadeus, nachdem er seinen Stock sorgsam am Tischbein gesichert hatte. Für Gott und die Zukunft bin ich nicht zuständig. Die historische Erfahrung sagt mir aber, was technisch möglich ist, wird irgendwann auch Wirklichkeit, ob das nun Cyborgs, genmanipulierte Superwesen oder Chimären der schauerlichsten Art sind, lange wird das wahrscheinlich nicht mehr dauern. Als Althistoriker sehe ich das vielleicht ein bisschen gelassener. Sehen Sie, die meisten Griechen und Römer waren davon überzeugt, dass die Welt von Wesen sehr unterschiedlicher Konstitution bevölkert ist, also von Sterblichen, Unsterblichen, dazwischen irgendwie die Heroen. Das Göttliche war in gewisser Weise wie sie selbst, nur mit einer überirdischen Macht ausgestattet, also eher eine graduelle Differenz als ein Substanzunterschied. Verstehen Sie?

Ich dachte an Zeus und Leda und sagte: Ja.

Amadeus schien Spaß an seinen Gedanken zu finden, in seine blassen Wangen stieg allmählich ein zartes Rot.

Nun könnte es doch sein, sagte er, dass die Menschen die Kaste der technisch vervollkommneten Menschen als etwas Göttliches dieser Art akzeptieren, etwas, das sich von ihnen nur relativ unterscheidet, aber nicht in der Substanz. Verstehen Sie, fragte er noch einmal.

Ich versuche es, sagte ich.

Nun, in der Geschichte haben Menschen doch immer wieder andere Menschen, von denen sie wussten, dass sie Menschen sind, als göttlich verehrt, Pharaonen und Kaiser, die so unerreichbar weit wie Götter über ihnen standen. Vielleicht kommt es so oder so ähnlich ja wieder, wenn die Menschen unter solchen genmanipulierten Superhirnen leben.

Ich versuchte mir dieses Kastensystem von Natur- und Kunstmenschen vorzustellen und muss dabei wohl einen ziemlich unglücklichen Eindruck gemacht haben. Jedenfalls schien es Amadeus zu erheitern. Ob mir diese Idee nicht gefalle, fragte er, immerhin sei dann garantiert, dass man nicht von dummen Menschen regiert werde.

Na ja, sagte ich, wenn man wüsste, was sie mit ihrer Klugheit anfangen.

Oder für wie viel Dummheit man unter dem gemeinen Volk sorgt, sagte Amadeus, aber wir beide werden das vermutlich nicht mehr erleben, ich jedenfalls ganz sicher nicht.

Vor die Sonne schob sich gerade eine ausgedehnte Wolkendecke, und es wurde kühl. Ich fürchtete, Amadeus könnte aus Sorge um seine Gesundheit unser Gespräch beenden und holte ihm sein kariertes Plaid, das noch über dem Liegestuhl hing. Ich wusste nicht, ob Amadeus nur durch die plötzliche Gefahr für sein Herz so zugänglich war oder ob meine Scheu ihm gegenüber ganz überflüssig gewesen war und ich Unterhaltungen wie diese mit ihm jederzeit hätte führen können, vorausgesetzt, Gerlinde wäre nicht an seiner Seite gewesen. Jedenfalls wollte ich dieses Gespräch jetzt nicht einer heraufziehenden Wolke opfern. Nur weil er selbst den Tod ins Spiel gebracht hatte, wagte ich zu fragen, ob es den Blick auf den eigenen Tod verändere, wenn man ein Leben lang über die unsterblichen Toten geforscht hätte, deren Namen Cicero, Augustus, Cäsar die Jahrtausende überlebt hatten, ob man nicht auch die Gegenwart, sogar die eigene, immer im Zeichen ihrer Vergänglichkeit sehen müsse.

Ich griff reflexhaft nach meinen Zigaretten, legte sie aber gleich wieder aus der Hand, weil ich befürchtete, der Rauch könnte Amadeus stören.

Rauchen Sie ruhig, sagte er, Gerlinde ist ja nicht da. Ja, die unsterblichen Toten, das ist schön gesagt. Wenn einen die Alten eines lehren, dann ist es wohl Demut und dass es sinnlos ist, mit dem Unausweichlichen zu hadern. Die meisten der großen Römer waren ja mehr oder weniger Stoiker, ihr Ideal war es, im Einklang mit der Natur und der natürlichen Bestimmung von uns als Menschen zu leben. Seit Platon waren sich die meisten Gebildeten auch darin einig, dass die Seele des Menschen ein Funken von der göttlichen Materie ist. Ich weiß nicht, ob Cicero das ein Trost war, als er seinen Mördern gegenüberstand. Aber die Maxime der Alten, dass ein gut gelebtes, also ein nicht vergeudetes Leben das Erstrebenswerteste der menschlichen Existenz ist, kommt meinen Vorstellungen sehr entgegen. An unsterblichen Ruhm habe ich allerdings nie gedacht. Historiker gehören ohnehin zu den vergänglichsten unter den Wissenschaftlern. Aber zu Ihrer Frage: Ob es das Sterben wirklich leichter macht, weiß ich nicht, wir werden sehen, aber die Vorbereitung darauf, ich denke ja.

Wir schwiegen, als wären wir mit dem Gedanken an den Tod da angelangt, wo sich alles Weiterdenken im Nichts verliert.

Es ist kühl geworden, sagte Amadeus.

Ich sah ihm nach, wie er, das blau-grün-karierte Plaid über dem Arm und stark hinkend, ins Haus ging. Er sah plötzlich alt aus und sehr gebrechlich.

Ich hätte gern noch länger mit ihm gesprochen, denn eigentlich hatte ich ihm die Frage, die mich am meisten interessierte, gar nicht gestellt: ob nämlich auch Amadeus glaubte, was ich in letzter Zeit hier und da gelesen hatte, dass sich im Untergang Roms die Zukunft von Europa spiegele. Ich nahm mir vor, das bei der nächsten Gelegenheit unbedingt nachzuholen.

***

18

Sylvie kam erst Anfang November zurück. Sie hatte zwischendurch über WhatsApp Fotos aus Paris geschickt: Notre-Dame, kaum zu erkennen hinter hohen Bretterzäunen, Sicherungsnetzen und Absperrungen, oder Sylvie mit einer unbekannten Freundin in einer Brasserie, Champagnergläser in den Händen, Sylvie allein am Ufer der Seine. Zwei Wochen später Fotos aus Amsterdam mit einem alten Freund, wie sie darunterschrieb. Und zum Schluss Fotos von Sylvie mit ihrer Freundin Ruth, die ich kannte, vor der Alster und vor ihrem Lieblingsschuhgeschäft in der Eppendorfer Landstraße.

Einmal schrieb sie sogar: Ich vermisse euch. Aber da war sie schon in Hamburg.

Zu Beginn der trüben Jahreszeit waren wir also wieder vollzählig. Johannes Bertram war schon nach zwei Wochen aus Dresden zurückgekehrt, das Auto bis unter das Dach beladen mit Kisten, Taschen und Koffern, sodass man sich fragte, wie er selbst darin Platz gefunden hatte. Ich hatte befürchtet, dass er deprimiert und erschöpft von seinem Scheidungskampf zurückkommen würde, aber entweder hatte der Sohn einen so vertrauenswürdigen Anwalt engagiert, dass Johannes ihm die Angelegenheit sorglos überlassen konnte, oder die Ereignisse, vielleicht sogar ein unvermeidliches Zusammentreffen mit Thea, hatten sich als dermaßen unversöhnlich und bösartig erwiesen, dass in Johannes die letzten Zweifel geschwunden waren und Bossin sich für ihn von einem Fluchtort in eine Heimstatt gewandelt hatte. Er zog um in das letzte Zwei-Zimmer-Apartment im Haus, suchte im Internet nach Antiquitätenläden in der Umgebung und fragte, wer mit ihm in die Stadt fahren würde, um einen schönen alten Schreibtisch oder Sekretär zu finden.

Wahrscheinlich war niemand so glücklich über Johannes' Entscheidung wie Katharina, die sich auch sofort anbot, mit ihm nach dem Möbelstück zu suchen.

Was denn zu seiner plötzlichen Entschlussfreudigkeit geführt hätte, fragte ich Johannes, als wir uns nach dem Abendessen im Rauchersalon begegneten.

Das habe er sich gedacht, dass ich mich wundern würde, sagte er, zog bedächtig an seiner Pfeife und ließ mich warten.

Ja, wie soll ich es erklären, sagte er endlich, es klingt wahrscheinlich sentimental, wenn nicht sogar kitschig. Ich lief durch Dresden, ging am Elbufer spazieren, besuchte die vertrauten Orte, nur die Nähe meines Hauses habe ich gemieden. Ich übernachtete bei meinem Sohn und seiner Familie. Es ist meine Heimatstadt, es ist meine Familie, und trotzdem fühlte ich mich irgendwie heimatlos, oder besser überflüssig, und begann mich nach Bossin zu sehnen, nach der Stille, dem Haus mit seinen Bewohnern, die nicht zueinander passten, aber auf eine gewisse Weise doch, wie soll ich es ausdrücken, ich sehnte mich nach der Neutralität des Ortes, in der man nicht Partei sein musste, wo man schweigen durfte, wenn man nicht reden wollte. Vielleicht liegt es nur an den Umständen, der Scheidung, dem Streit um das Haus, wer weiß.

Ja, wer weiß, sagte ich, vielleicht ist es ja das Alter. Noch vor einem halben Jahr habe ich es für unmöglich gehalten, dass ich mich an das Leben hier gewöhnen könnte. Und ich weiß immer noch nicht, ob ich das überhaupt will.

Es kommt mir vor wie eine Kapitulation.

Kapitulation wovor?

Vor dem Leben, vor dem Alter.

Diesen Kampf kann man sowieso nicht gewinnen, sagte Johannes.

Am Ende nicht, sagte ich, aber bis dahin ist es Verhandlungssache.

Vom Flur näherten sich Schritte, gedämpfte Stimmen, Gelächter.

Katharina und Sylvie blieben in der Tür stehen.

Stören wir, fragte Katharina.

Im Gegenteil, sagte ich, wir waren gerade dabei, uns die Laune zu verderben.

Sylvie hielt eine Weinflasche hoch: Aus Frankreich, damit ihr auch was von meiner Reise habt.

Sie stellte vier Gläser auf den Tisch und sah sehr elegant aus in der schmalen Lederhose und einem hellgrauen langen Pullover, vermutlich in Paris erstanden oder in Hamburg.

Katharina schob die beiden Korbsessel an den Tisch und zündete die Kerzen auf dem dreiarmigen Leuchter an. Sylvie erzählte von ihrer Reise, Paris, ja, natürlich, bezaubernd wie immer, Saint-Germain-des-Prés, Montmartre, an Heines Grab war sie auch, und die Bistros, die aber auch nicht mehr das sind, was sie einmal waren, das Rauchverbot, überhaupt schwindet offenbar der Hang zu exzessiver Geselligkeit. Ihre Freundin, bei der sie auch übernachtet hat, sagt, viele sähen im Brand von Notre-Dame ein Menetekel und glaubten nicht an einen Zufall, erst Charlie Hebdo, dann Notre-Dame, na, und erst die Banlieues … Viele ziehen weg aus Paris in kleinere Städte und pendeln einmal die Woche ins Büro. Trotzdem, wunderbar sei es gewesen, aber eben auch ein bisschen traurig.

Ja, da sind die Franzosen uns wohl ein paar Jahre voraus, sagte Johannes.

Ich dachte an Amadeus und seinen Wunsch, die Gegenwart als etwas Vergangenes zu betrachten. Vielleicht passierte das ja uns allen, ohne dass wir uns dessen bewusst waren, es aber irgendwie doch ahnten.

Sylvie erzählte von ihrem Freund in Amsterdam, den sie fast zehn Jahre nicht gesehen hatte und erschrocken war, wie alt er geworden war. Sie schwärmte von dem Fischrestaurant, in das der Freund sie eingeladen hatte und von Hamburg, der schönsten deutschen Stadt, wie Sylvie meinte; die Alster, vor allem die Alsterkanäle, mehr Brücken als Venedig, die Restaurants und die Geschäfte, die gut gekleideten Menschen.

Ich hatte noch nie erlebt, dass Sylvie nach einer Reise enttäuscht war. Immer kam sie beglückt und verjüngt von ihren Ausflügen in die Welt zurück. Entweder suchte sie sich mit Bedacht risikolose Reiseziele aus, oder sie hatte ein Talent, Unerfreuliches zu ignorieren, zu vergessen oder sogar darin noch einen Funken Tröstendes zu finden. Mich strengte das Reisen an, eigentlich reiste ich überhaupt nicht gern. Ich war über eine Reise erst froh, manchmal sogar glücklich, wenn ich sie hinter mir hatte, wenn ich eine Stadt, ein Land und seine Bewohner erlebt hatte und mich daran erinnern konnte.

Im Frühjahr fliege ich nach Portugal, sagte Sylvie, oder nach Südafrika, da war ich noch nie.

Von Südafrika würde er abraten, sagte Johannes, da wird jeden Tag stundenlang den Strom abgeschaltet, sogar mehrmals, ohne Notstromaggregat und andere Notausrüstung könnte das eine schwierige Reise werden.

Dann eben Portugal, sagte Sylvie, oder Mexiko.

Nach Mexiko würde ich vielleicht mitkommen, sagte ich.

***

19

Es war still im Haus in diesen dunklen Tagen. Alle hielten sich vorwiegend in ihren Zimmern auf, lasen, schliefen, sahen Filme oder telefonierten. Durch die Fenster fiel vernebeltes Grau, an den kahlen Bäumen schaukelten die letzten welken Blätter, aus dem Speisesaal klang ab und zu leise Johannes' Klavierspiel, an den Nachmittagen stieg der Duft von Kaffee bis in die obere Etage, auf den Tisch im Rauchersalon hatte jemand einen Teller mit Spekulatius gestellt. Eine Atmosphäre stiller Geborgenheit verströmte das Haus. In meiner frühen Jugend hatte ich den November zu meinem Lieblingsmonat erkoren, in seiner geheimnisvollen Melancholie muss ich mich wohl am ehesten aufgehoben gefühlt haben nach der ersten Enttäuschung von der Welt oder von der Liebe. Vielleicht war es auch nur ein kokettes Spiel mit der Traurigkeit, ich wusste nur, dass ich das damals so gesagt habe: Der November ist mein liebster Monat. Inzwischen liebte ich wie die meisten Menschen vor allem den Mai und den Juni, wenn die Sträucher und Bäume bewiesen, dass sie Stürme und Frost überlebt hatten und die Hoffnung auf ewige Wiederkehr verbreiteten. Aber wenn ich Katharina auf ihren Hundespaziergängen begleitete, Pablo wie ein schneeweißes Fabeltier vor uns herlief und der Park uns wie die düstere Kulisse eines Märchenfilms umgab, dachte ich, dass der November doch der geheimnisvollste aller Monate war, in dessen Zwielicht sich trauern und träumen ließ.

Am vorletzten Tag des November, es war ein Freitag, zerschnitt ein ungeheurer Schrei die morgendliche Stille, ein Schrei wie nicht von einem Menschen, ein die Wände durchdringender Urschrei, der uns aus dem Schlaf riss und auf die Flure trieb, dem Schrei, der langsam in einem herzzerreißenden Jaulen verendete, hinterher bis vor die Tür der Müller'schen Wohnung. Da stand Gerlinde in einem weißen langen Nachthemd, Mund und Augen vor Entsetzen aufgerissen, wie dem Munch'schen Gemälde entsprungen, und konnte nicht aufhören, diese tierhaften Laute auszustoßen. Erst als Sylvie sie in den Arm nahm, verebbte das Schreien und Jaulen, und Gerlinde schluchzte wie ein Trost suchendes Kind. Katharina war als Einzige in die Müller'sche Wohnung gegangen, um die Ursache von Gerlindes Entsetzen zu finden, und bestätigte mit einem Kopfnicken, was wir alle vermuteten: Amadeus war gestorben.

Ich versuchte, mir das vorzustellen: Sie waren am Abend gemeinsam zu Bett gegangen, hatten noch etwas gelesen wie jeden Abend, nacheinander das Licht ausgeschaltet, hatten vielleicht noch eine übliche kleine Zärtlichkeit ausgetauscht und waren eingeschlafen. Am Morgen wollte Gerlinde ihren Mann wecken, griff nach seiner Hand oder seiner Wange, fühlte den kalten Tod und wurde von einem heiligen Entsetzen gepackt.

Der Arzt kam und stellte den Totenschein aus, als Todesursache vermutete er einen Schlaganfall, Gerlinde gab er eine Spritze zur Beruhigung und hinterließ ein paar Tabletten. Katharina suchte in Gerlindes Smartphone nach den Telefonnummern ihrer Kinder, erreichte den Sohn, der versprach, die Überführung von Amadeus nach Berlin zu organisieren und so schnell wie möglich nach Bossin zu kommen. Katharina fotografierte den Totenschein und sendete das Foto dem Sohn. Gerlinde war inzwischen verstummt, Sylvie hatte ihr einen Bademantel übergezogen und sie auf das Sofa im Rauchersalon gesetzt, wo sie wie abwesend hockte, in sich versunken mit einem auf nichts gerichteten erloschenen Blick.

Katharina blieb bei Gerlinde und Sylvie. Ehe sie die Tür zum Raucherzimmer hinter sich schloss, gab sie uns zu verstehen, dass wir uns zurückziehen könnten. Niemand von uns wollte in diesen Minuten allein sein. Nur mit Bademänteln bekleidet setzten wir uns an den großen, von den Müllers gespendeten Tisch im Speisesaal. Mary füllte an der Espressomaschine die Tassen für uns alle, ich holte die Zigaretten aus meinem Zimmer. Wir stammelten hilflose Sätze. Von uns vieren war ich die Einzige, die ihren nächsten Menschen nicht durch den Tod verloren hatte. Sicher dachten Johannes, Mary und Michael Jahnke jetzt an die Tage, Stunden oder an den Augenblick, als sie plötzlich vor diesem Abgrund standen. Mary, als sie Martin tot vor dem Bett fand, auch Norberts plötzlicher Tod durch das Aneurysma im Kopf traf Michael ohne Vorwarnung, nur Johannes hat wenigstens Abschied nehmen können. Ich dachte an Philipp, den ich aber schon verloren hatte, ehe er starb.

Was macht denn Gerlinde nun, fragte Mary.

Ich sagte, sie wird sicher zu ihren Kindern nach Berlin ziehen.

Dann sind wir nur noch sechs, sagte Mary.

Der Sohn kam schon am Vormittag. Gerlinde war nach der Spritze und auch noch zwei Tabletten eingeschlafen, und als sie geweckt wurde, wäre sie gleich wieder von einem haltlosen Weinen geschüttelt worden, als hätte sie gerade erst von Amadeus' Tod erfahren, erzählte Katharina. Sylvie hatte ihr die Kleidung zurechtgelegt und die wichtigsten Dinge eingepackt. Willenlos ließ Gerlinde sich von ihrem Sohn zum Auto führen. Wir standen alle an der Treppe und sahen ihr nach, ohne zu winken, nur Pablo rannte dem Auto bis zur Toreinfahrt hinterher.

***

20

Jana Radmacher und die Zupcke kamen mit kleinen Sträußen aus Immergrün und den allerletzten Rosen aus dem Garten und bekundeten ihr Mitgefühl, als wären wir tatsächlich die Angehörigen. Auch einige Hunde- und Katzenbesitzer, die wir aus Katharinas Sprechstunde kannten, steckten Beileidskarten in den Briefkasten.

In den Tagen nach Amadeus' Tod saßen wir ständig beieinander, als wollten wir uns vergewissern, dass wir noch da waren, dass es uns gut ging.

Wir sprachen über Amadeus und warum er uns fehlen würde.

Er war so ein feiner Mensch, sagte Mary.

Und Johannes sprach aus, was ich dachte, seit ich die Müllers vermisst hatte, als sie wegen des Stents zwei Wochen in Berlin waren.

Irgendwie hat er unseren kleinen Verein hier geadelt, sagte Johannes, wie ein Hauch aus einer alten Welt, allein durch seine Anwesenheit.

Die wir aber überhaupt nur seiner Krankheit zu verdanken hatten, sagte Katharina, sonst wären sie gar nicht hier eingezogen, das hat Gerlinde mir erzählt.

Ich sagte nicht, dass es eben nur schlechte Gründe gab, in Katharinas Gnadenhof einzuziehen, fast alle hatten wir schlechte Gründe: Marys und Michaels plötzliche

Einsamkeit, Johannes' tragikomisches Ehedrama, meine Wohnungskatastrophe und eben auch Amadeus' erster Schlaganfall. Nur Sylvie hatte einen Traum, der allerdings nicht in Erfüllung gegangen war. Und eigentlich hätten wir wissen müssen, dass unsere Konstruktion verurteilt war, auf diese ganz natürliche Weise zu zerbrechen. Auch wenn wir alle weit unter dem statistischen Sterbealter lagen, waren wir alt, und alte Menschen werden krank oder dement und sterben irgendwann.

Jetzt sind wir nur noch sechs, hat Mary gesagt.

Vielleicht bildete ich es mir nur ein, aber es schien mir, als beobachteten wir einander misstrauisch oder abschätzend, wer der Nächste von uns sein könnte, den ein Herzinfarkt oder ein Schlaganfall so still und unversehens auslöschen könnte wie Amadeus, und irgendjemand sagen würde: Jetzt sind wir nur noch fünf.

Eine Woche nach Amadeus' Tod fuhren wir zur Beerdigung nach Berlin. Katharina, Sylvie und ich fuhren in einem Auto, Johannes, Mary und Michael in dem zweiten. Pablo hatten wir bei Helga Zupcke untergebracht.

Amadeus wurde auf einem kleinen Friedhof in Dahlem begraben. Als wir ankamen, hatte sich vor der Trauerhalle schon eine schwarz gekleidete Menge versammelt, darunter viele junge Menschen, wahrscheinlich Amadeus' Schüler. Wir kannten niemanden außer Gerlinde und den Kindern, die wir aber nur von weitem und umringt von Freunden sahen, und betraten die Kirche als Letzte, sodass für drei von uns noch diskret Klappstühle aufgestellt werden mussten. Obwohl die Rede der Pfarrerin, gemessen an den üblichen Ritualen, wahrscheinlich als besonders taktvoll und auch sprachlich gelungen gelten konnte, bereitete mir allein der professionelle Wärmegrad der Stimme, in dem die Familienmitglieder mit ihren Namen angesprochen und ihr Verlust beklagt wurde, von dem die Pfarrerin ja nur aus Gesprächen mit den Angesprochenen wissen konnte, ein peinliches Unbehagen. Noch schlimmer wurde es, als zu einem gemeinsamen Gebet aufgerufen wurde. Ich hatte nichts gegen Gebete, aber ich betete nicht, und wenn doch, dann sehr weltlich und allein. Betende Gemeinschaften machten mich hilflos. Ich konnte nicht einmal die Hände falten wie Mary, es wäre mir falsch vorgekommen, wie es mir auch falsch vorkam, die Hände nicht zu falten. Es war mir peinlich, ich war mir peinlich, weil ich nicht imstande war, mir diese Geste der Höflichkeit, des Respekts vor Gerlindes Trauer abzuringen. Ich vertiefte mich in das große Porträtfoto von Amadeus, das neben seinem Sarg aufgestellt war, bis ich nach einer Weile den lebendigen Amadeus darin fand. Siehst du, dachte ich, jetzt habe ich dir meine wichtigste Frage nicht mehr stellen können. Plötzlich sagte ich »Du« zu ihm, jetzt, zu dem Toten.

Johannes, der neben mir saß, stieß mich sacht an, schob den Zettel mit der Programmfolge zu mir herüber, tippte auf eine Zeile und schüttelte ungläubig den Kopf. Es war die Musikankündigung, die ihm aber mehr sagte als mir: Corelli Op. 5 Nr. 12 stand da.

La Follia, das bedeutet Verrücktheit, flüsterte Johannes mir zu.

Ein Geiger und eine Cellistin, beide sehr jung, begannen zu spielen, eine zarte Melodie, gar nicht verrückt, dann aber plötzlich ein schneller, rhythmischer Part und so über zehn oder zwölf Minuten bis zum Ende ein ständiger Wechsel zwischen Wehmut und Übermut, und ich verstand Johannes' Verwunderung. Es war die seltsamste Auswahl einer Trauermusik, an die ich mich erinnern konnte, und ich war überzeugt, dass nur Amadeus selbst das entschieden haben konnte. Niemand sonst hätte es gewagt, die Trauergemeinde mit diesem trotzigen Bekenntnis zum Leben zu entlassen. Johannes schien sich ähnliche Gedanken zu machen, er lächelte vor sich hin, sagte nur leise: Interessant, sehr interessant.

Gerlinde sah uns nicht, als die Familie an der Trauergemeinde vorbei die Kirche verließ. Erst am Grab, während wir kondolierten, flog für einen Augenblick ein kleines Lächeln über ihr Gesicht. Katharina flüsterte sie zu, sie würde uns im Frühjahr bestimmt besuchen. Der Sohn lud uns noch zu einem Beisammensein in eine nahe liegende Gaststätte ein, aber wir entschuldigten uns mit der langen Heimfahrt und fuhren nach Schöneberg in ein Lieblingsrestaurant von Sylvie, das wir unbedingt kennenlernen sollten.

Unterwegs fragte Sylvie, ob wir gesehen hätten, dass Mary geweint hat, aber sie sei doch mit Amadeus gar nicht besonders befreundet gewesen.

Ich sagte, manche weinen eben bei Beerdigungen, sogar wenn sie die Toten kaum gekannt haben. Es soll Leute geben, die zu Beerdigungen wildfremder Menschen gehen, nur um zu weinen.

Wisst ihr noch, sagte Katharina, damals, als Lady Di gestorben ist, hat ganz England geheult. Da habe ich auch gedacht, vielleicht brauchen Menschen so einen großen Grund, um dabei endlich hemmungslos ihr eigenes Unglück zu beweinen, kann doch sein.

Nach der nächsten Ampel rechts, sagte Sylvie, und dann können wir schon einen Parkplatz suchen.

Wir warteten vor dem Restaurant auf die anderen, und ich konnte endlich eine Zigarette rauchen. Wann hatte man die Raucher eigentlich auf die Straße verbannt? In unserem Haus hatten wir immerhin einen Rauchersalon. Trotzdem fühlte ich mich zwischen den gründerzeitlichen Fassaden in dieser engen, von Autos vollgestopften Straße wieder ganz heimisch.

Johannes, Mary und Michael hatten offenbar eine heitere Fahrt hinter sich, auch in Marys Augen fand sich keine Spur von Traurigkeit mehr. Wir aßen und tranken, sprachen über die Beerdigung, wie man nach einem gemeinsamen Kinobesuch auch über den Film gesprochen hätte. Alle lobten die Rede der Pfarrerin, ich widersprach nicht, nur über die Musikauswahl waren wir uns nicht einig. Das sei keine Musik für eine Trauerfeier und hätte überhaupt nicht zu Amadeus gepasst, sagte Mary, und Michael Jahnke nickte.

Haben wir ihn wirklich so gut gekannt, fragte Johannes.

Und ich sagte, ich sei überzeugt, dass Amadeus das selbst so verfügt hat, weil Gerlinde oder die Kinder sich das gar nicht getraut hätten.

Wer weiß, sagte Johannes, vielleicht hat er seinem Wissenschaftlerleben und der Familie etwas geopfert, das trotzdem in ihm rumort hat. Vielleicht wollte er das wenigstens nachträglich mitteilen.

Ich dachte an mein Gespräch mit Amadeus, in dem er auf mich nicht den Eindruck gemacht hat, als lebte in ihm ein unterdrückter Rebell.

Ich glaube eher, das war der ironische Abschiedsgruß des Althistorikers, sagte ich. Er wusste, dass es im Leben auch verrückt zugehen kann. La Follia eben. Da ist so ein letzter Gruß doch passend.

Sie sei zuerst auch verwirrt gewesen, sagte Katharina, aber dann hätte sie sich die Musik übersetzt, besonders den letzten Teil. Geht und lebt weiter, könnte das doch bedeuten. Das würde zu Amadeus auch passen.

Mich jedenfalls hat er mit diesem Abschied überrascht, sagte Johannes, aber wie gesagt: Was wissen wir schon voneinander.

Ich dachte wieder einmal an meine Tagebücher auf dem Schrank, in denen wahrscheinlich etwas stand, das ich nicht einmal über mich selbst wissen wollte.

***

21

Mary und Katharina hatten das Haus weihnachtlich dekoriert. In der Bibliothek stand ein großer Strauß aus Tannen- und Mistelzweigen, durch die sich eine Lichterkette schlang, auf dem Tisch im Rauchersalon lag ein Adventskranz mit vier roten Kerzen, und im Speiseraum stand neben dem Klavier sogar ein zwei Meter hoher Weihnachtsbaum, geschmückt mit silbernen und blauen Kugeln, die Mary im Internet bestellt hatte. Trotzdem blieb die Atmosphäre im Haus verdunkelt, als wäre die winterliche Düsternis durch die Ritzen der Türen und Fenster ins Innere gedrungen. Und immer, wenn ich auf dem Weg in den Rauchersalon an der Müller'schen Wohnung vorbeikam, spürte ich einen kurzen Schmerz in der Herzgegend.

Mittwochs versammelte Mary ihren Lesezirkel in der Bibliothek. Inzwischen bestand er immerhin aus sieben Mädchen, mit denen sie die Weihnachtsgeschichte von Charles Dickens las. An jedem Mittwoch kochte Mary eine große Kanne Kakao, kaufte Kekse und Waffeln, damit, wie sie sagte, das Lesen für die Kinder mit angenehmen Sinneseindrücken verbunden bleibt. Wenn nur drei von denen Leser werden, hat es sich gelohnt, sagte Mary.

Meine Tochter rief an und fragte, wie wir es verkraftet hätten.

Ich hatte ihr von Amadeus Tod geschrieben, auch von der merkwürdigen Musikauswahl. Sie hätte sich dieses La Follia angehört, sagte meine Tochter, und hätte es als tröstliche Musik für ein Begräbnis empfunden.

Ich werde es bedenken, sagte ich.

Kommst du nun zu Weihnachten? Die Eltern von Andreas kommen auch.

Ich käme lieber im neuen Jahr, wenn die Züge nicht so voll seien, sagte ich. Außerdem feierten wir hier im Haus alle zusammen, und gerade jetzt nach Amadeus Tod sollte ich vielleicht lieber hierbleiben.

Ja, vielleicht, sagte meine Tochter. Wahrscheinlich war sie erleichtert. Die Eltern von Andreas waren beide pensionierte Lehrer und Gründungsmitglieder der Grünen, und fast immer gerieten wir bei unseren gelegentlichen Treffen in die Nähe eines Streits, den wir nur mit Rücksicht auf unsere Kinder vermieden. Beim letzten Mal ging es um Michel Houellebecq, den ich für nobelpreiswürdig hielt, Andreas' Eltern hingegen für destruktiv und sexistisch, es kann sein, dass sogar das Wort menschenverachtend gefallen war.

Wir sprachen noch über die Geschenke für die Jungs, meine Tochter versprach, mir die Links zu einer speziellen Kamera und den gewünschten Kopfhörern zu schicken. Nach meinen Bemühungen um eine Wohnung fragte sie diesmal nicht, wahrscheinlich aus Rücksicht auf unseren Todesfall.

Am zweiten Advent lud Johannes alle zu einem Christstollen ein, den seine Kinder aus Dresden geschickt hatten. Dazu gab es Glühwein, obwohl draußen eher frühlingshafte Temperaturen herrschten, der wärmste Dezember seit jeher, noch wärmer als der Dezember im vergangenen Jahr, der auch schon der wärmste gewesen war.

Michael Jahnke fühlte sich wieder einmal zu düsteren Prognosen aufgerufen. Ein Weihnachten wie in unserer Kindheit werde es nie wieder geben, und um Schnee zu sehen, müsse man in die Berge fahren.

Ich hielt das für eine erfreuliche Aussicht, verschwieg es aber lieber.

Sylvie sagte, halb Europa feiere Weihnachten schon immer ohne Schnee und hätte dabei keinen seelischen Schaden genommen. Sie sei Weihnachten einmal nach Gomera gereist, und das sei wunderbar gewesen. Dieses ganze Weihnachtsgetue sei sowieso nur ein anstrengender Akt der Autosuggestion. Für gläubige Christen sei das natürlich anders, das wolle sie nicht bestreiten.

Ich liebe Weihnachten, sagte Mary, im Buchladen war es die schönste Zeit im Jahr, auf dem Tresen stand immer eine Schüssel mit Zimtsternen und Mandelhörnchen, der Laden von morgens bis abends rappelvoll, am Ende drehte sich alles im Kopf, aber es war das reine Glück.

Johannes saß abseits am Klavier, als warte er auf die Bitte, etwas zu spielen.

Warum diese Abneigung gegen Weihnachten, Sylvie, fragte er, während er sorgfältig seine Pfeife stopfte. Seit wir auf Gerlinde keine Rücksicht mehr nehmen mussten, durfte auch im Speiseraum geraucht werden.

Es geht doch um die Tradition, auch für Nichtgläubige, sagte Johannes, Weihnachten sind Kindheitserinnerungen, die wir an unsere Kinder weitergeben. In meinem

Elternhaus wurde musiziert, und wir haben mit unseren Kindern auch musiziert, und die werden es mit ihren Kindern so halten. Es sind besondere Tage im Jahr, sollen die in der Gleichförmigkeit verschwinden?

Für einen Augenblick sah Sylvie ratlos aus. Es liegt vielleicht an den Kindheitserinnerungen, sagte sie nach einer Weile mit einem verunglückten Lächeln.

Über Sylvies Kindheit wusste ich nicht viel, nur dass ihre Eltern geschieden waren. Eigentlich hatte sie vor allem von ihrer exzentrischen Tante Mia gesprochen.

Es schien, als wären sich Johannes und Sylvie versehentlich zu nahe gekommen, jedenfalls war es einige Sekunden lang zu still im Raum, bis Katharina endlich fragte: Was wollen wir zu Weihnachten eigentlich essen?

Michael Jahnke schlug vor, man könnte im Dorf doch fragen, ob jemand eine Gans oder Enten zu verkaufen hätte, was ich für ein gute Idee hielt, die aber sonst auf ein verlegenes Schweigen stieß. Als Erste gestand Sylvie, dass sie auf eine Party in Berlin eingeladen sei. Johannes wollte Weihnachten mit seinen Kindern in Dresden verbringen. Und Mary konnte ihren gerade geschiedenen Sohn, dessen Frau über das Fest mit den Kindern zu ihren Eltern nach Bremen fahren würde, nicht allein lassen. Der Sohn hätte schon einen Tisch in irgendeinem teuren Restaurant bestellt.

Dann sind wir also nur drei, sagte Katharina und warf mir dabei einen Blick zu, der nur bedeuten konnte, was ich selbst gerade dachte: der Dritte war ausgerechnet Michael Jahnke.

Wäre Amadeus nicht gestorben und Gerlinde nicht

ausgezogen, wäre nichts anders gewesen, weil auch die Müllers Weihnachten in Berlin mit ihren Kindern gefeiert hätten. Trotzdem empfand ich die Aussicht auf dieses trostlose Weihnachtsfest allein mit Michael Jahnke in dem großen Haus als Fortsetzung des Verlusts. Es war unsinnig, aber eben ein Gefühl.

Na ja, sagte ich, dann reicht ja eine Ente.

Später spielte Johannes doch noch, zuerst ein kleines Stück, das nach Mozart klang. Und dann wünschte Mary sich »Es ist ein Ros' entsprungen«.

***

22

Bis Weihnachten blieb das Wetter unverändert mild. Am 24. Dezember waren es immer noch acht Grad, der Himmel hing grau über den erdigen Feldern, es regnete aber nicht, sogar der Wind, der hier fast immer wehte, hatte eine Pause eingelegt, als wäre das ganze himmlische Geschehen zum Stillstand gekommen. Wir hatten im Supermarkt statt einer Ente eine polnische Hafermastgans gekauft, weil wir von der zwei Tage essen könnten. Die Idee, eine Gans in Bossin aufzutreiben, hatten wir aufgegeben, nachdem nicht einmal Helga Zupcke sagen konnte, wer vielleicht eine zu verkaufen hätte.

Schon beim Frühstück erklärte Michael Jahnke, dass er als Weihnachtsgeschenk für Katharina und mich das ganze Menü allein kochen wolle. Bis dahin hatte Michael meistens mit Mary gemeinsam gekocht, sodass wir nicht wussten, ob wir uns über sein Geschenk freuen würden. Aber wir waren froh, dass er beschäftigt war und wir nicht den ganzen Tag mit ihm verbringen mussten. Allerdings brauchten wir nun auch ein Geschenk für ihn, was Heiligabend in Bossin kaum zu beschaffen war. Wir fuhren in den größeren Nachbarort, wo es einen Getränkeshop gab und kauften eine Flasche Champagner, die, auch falls Michael Jahnke Champagner gar nicht mochte, nur als Zeichen unserer Wertschätzung verstanden werden könnte.

Auf dem Heimweg hielten wir an einem kleinen Waldstück. Katharina legte Pablo die Leine an.

Wegen der Jäger, sagte sie.

Wir liefen schweigend nebeneinander her, das Knacken der trockenen Zweige unter unseren Füßen war weit und breit das einzige Geräusch, das zu hören war. Katharina seufzte, als wäre ihr gerade eine Last von der Seele genommen.

Was ist los, fragte ich.

Nichts, es ist nur gerade so schön hier.

Der Weg führte zu einem kleinen See mit einem verrotteten Steg, der hoch aus dem Wasser ragte und an dessen Pfählen abzulesen war, dass der See einmal entschieden tiefer und größer gewesen sein musste. Pablo stieg mit den Vorderpfoten ins Wasser und trank. Die kalte Sonne spiegelte sich im See, dessen Oberfläche so unbewegt war, als sei sie gefroren.

Was sucht man eigentlich, wenn man immer so aufs Wasser starrt, sagte Katharina.

Was suchst du denn?

Ich weiß nicht, Ruhe, sagte sie, aber da ist noch etwas anderes.

Ich überlegte, was ich fühlte, wenn ich aufs Wasser starrte.

Ich höre dann einfach auf zu denken, sagte ich, das ist schön.

Und wenn du in den Himmel siehst?

Der Himmel ist etwas anderes, der Himmel gibt Rätsel auf. Wolken, die wie Hunde oder Kamele aussehen oder wie wilde Reiter, Gewitter, von denen du vielleicht weißt, wie sie entstehen, die aber trotzdem unheimlich bleiben. Und wenn du dich durch die Wolkendecke denkst, in die Unendlichkeit, schon das versteht man nicht, was soll das sein: Unendlichkeit, auch die Unendlichkeit muss doch irgendwo enden, wenn du dich dahin denkst, dann fühlst du dich wie eine Mikrobe.

Wer an Gott glaubt, hat es vielleicht besser, sagte Katharina.

Ich glaube nicht, dass die lieber sterben als wir, sagte ich, vielleicht haben sie es sogar schwerer, weil sie Angst haben vor ihrem Gott. Ich kann mir Gott so wenig vorstellen wie die Unendlichkeit. Als Kind habe ich manchmal vor dem Einschlafen versucht, mir die Unendlichkeit vorzustellen, bis mir schwindlig wurde.

Vielleicht sind wir ja wirklich nur ein Experiment in einer Petrischale von einem Wesen, für das wir so klein sind wie Mikroben für uns, sagte Katharina.

Ja, vielleicht, sagte ich, komm, lass uns gehen, sonst landen wir noch beim Sinn des Lebens.

Katharina lachte. Vielleicht sucht man ja den, wenn man ins Wasser starrt.

Auf dem Heimweg, kurz vor Bossin, sagte sie, eigentlich könnte man alles, was unerklärlich bleibt, Gott nennen. Das wäre sogar für Menschen wie uns, die nicht an einen Gott glauben können, akzeptabel.

Na ja, sagte ich, und was wäre dann anders?

Michael Jahnke hatte schon den Tisch gedeckt und mit Tannenzweigen und Kerzen geschmückt. Er hätte gedacht, wir kämen gar nicht wieder, sagte er, und das klang, als sei er wirklich beunruhigt gewesen. Er ahnte wohl, dass wir auf seine Gesellschaft lieber verzichtet hätten. Wie er da vor uns stand, mit seiner gestreiften Schürze und dem unsicheren Lächeln auf dem Gesicht, tat er mir leid. Eigentlich hatte ich nichts gegen ihn, er interessierte mich nur nicht. Aber es war Heiligabend, wir waren nur zu dritt, auch wenn er nicht für uns kochen würde, hätte er verdient, dass wir ihm den Tag nicht verderben.

Ich bot an, ihm in der Küche zu helfen, was er stolz ablehnte, aber ich fühlte mich erleichtert, und vielleicht hat es ihn ja doch gefreut.

Wir verabredeten uns für sechs Uhr zum Abendessen.

Katharina brachte ihr Radio mit und schob gleich die Tafelmusik von Telemann in den CD-Player. Ich hatte überlegt, was ich für diesen Anlass anziehen sollte und hatte mich für eine schwarze Hose und weiße Bluse mit Nadelstreifen entschieden, Katharina trug sogar einen langen Rock, dazu ein lose gestricktes kurzes Jäckchen und Michael unter seiner Schürze seinen grauen Anzug, den ich an ihm bisher nur bei Amadeus' Beerdigung gesehen hatte.

Michael Jahnke erwies sich tatsächlich als ein großartiger Koch. Als Vorspeise servierte er eine Maronensuppe, und die Gans sah aus wie auf den Fotos in Kochbüchern, braun und knusprig, sodass Katharina sie unbedingt fotografieren wollte, um das Bild an unsere abtrünnigen Mitbewohner zu schicken. Pablo, den Katharina mit einem glitzernden Band um den Hals geschmückt hatte, bekam die gebratene Gänseleber.

Früher, mit Norbert, hätte immer er gekocht, wenigstens das hätte er besser gekonnt als Norbert, sagte Michael.

Wir saßen an einer Ecke des langen Müller'schen Tischs, hatten aber auf dem ganzen Tisch Kerzen verteilt, was die Abwesenheit von Sylvie, Johannes und Mary eigentlich überstrahlen sollte, aber eher die leeren Stühle beleuchtete.

Im vorigen Jahr seien alle dagewesen, sagte Katharina, nur die Müllers nicht. Es sei eben das erste gemeinsame Weihnachten in Bossin gewesen.

Michael und Katharina erzählten abwechselnd, wie schön das Fest im vergangenen Jahr gewesen sei, wie ausgelassen sie gefeiert und sogar Weihnachtslieder gesungen hätten. Zum Glück kamen sie nicht auf die Idee, dass auch wir singen sollten, aber Katharina schob nach dem Telemann eine CD mit Weihnachtsliedern ein, gesungen vom Dresdener Kreuzchor. Wie zu erwarten, wurde es ein zäher Abend, obwohl wir uns wirklich Mühe gaben. Ich erzählte von dem ersten Weihnachtsbaum, an den ich mich erinnern konnte, der so armselig geraten war, dass mein Vater Löcher in den dürren Stamm bohrte und noch ein paar Tannenzweige dazusteckte.

Katharinas Geschichte über ihre verfeindeten Großmütter kannte ich schon. Die eine war katholisch, die andere in der SED, und jedes Jahr zu Weihnachten gerieten sie in Streit, weil die eine es christlich wollte und die andere weltlich, bis die katholische Großmutter zu ihrer verwitweten Schwester in den Westen zog und zu Weihnachten nur noch Pakete schickte.

Michael Jahnke erzählte von seiner dörflichen Großfamilie, die Heiligabend immer gemeinsam zum Gottesdienst gegangen sei und danach gefeiert hätte. Die Stube sei viel zu klein gewesen für achtzehn Personen, die Kinder hätten in der Küche essen müssen. Am Ende seien die Männer meistens sturzbetrunken gewesen und die Frauen, die nüchtern waren, weil sie die Männer nach Hause fahren mussten, hätten geweint. Weihnachten in seiner Kindheit sei eigentlich immer schön gewesen. Aber gleich nach der Lehre sei er weggezogen und dann nicht mehr dabei gewesen.

Er sprach nicht weiter, sondern sah uns an, als müssten wir selbst wissen, warum er dann nicht mehr dabei war. Es lag etwas Bittendes in seinem Blick, das mich rührte und mir zugleich unangenehm war. Natürlich konnte ich mir denken, warum er die Feste mit der Großfamilie später lieber gemieden hat. Ein schwuler Junge auf dem Dorf vor fünfzig Jahren konnte wahrscheinlich nur fliehen. Ich wusste nicht, ob er es heute viel leichter hätte. Im Nachbardorf gab es einen schwulen Arzt, der sehr beliebt war und zu dem auch die Bossiner gingen, aber der kam aus der Stadt oder von sonst woher, mit dem war hier niemand verwandt oder zur Schule gegangen. Vielleicht wollte Michael Jahnke gefragt werden, wie es ihm damals ergangen war mit seinen Eltern, Brüdern und der ganzen Verwandtschaft. Aber ich fragte nicht, ich hätte ihn mögen müssen, um an den Intimitäten seines Lebens interessiert zu sein.

Hast du denn deine Eltern nie wieder besucht, fragte Katharina.

Die Eltern schon, aber große Gesellschaften hätte er

gemieden, sagte Michael, und dann nach einem Blick auf mich: Ach, das erzähle ich vielleicht ein andermal.

Katharina holte aus ihrer Tasche die mit einer goldenen Schleife verzierte Champagnerflasche, stand auf, umarmte Michael und bedankte sich wortreich für das wunderbare Weihnachtsessen.

Wir tranken gerade noch einen Schnaps zum Abschied, als Sylvie anrief. Katharina stellte ihr Telefon laut, sodass wir nicht nur Sylvies vor Übermut sprudelnde Wünsche mithören konnten, sondern auch die lärmende, ganz unweihnachtliche Partystimmung im Hintergrund.

Und wie es bei uns sei, wollte Sylvie wissen.

Ruhig, aber sehr schön, sagte Katharina.

Dann räumten wir gemeinsam den Tisch ab, löschten die Kerzen und ließen Pablo noch einmal vor die Tür. Später, als Katharina und ich in meinem Zimmer noch ein Glas Wein tranken, sagte Katharina: Im nächsten Jahr fahre ich zu Weihnachten auch weg.

***

24

Sylvie kam schon am ersten Feiertag zurück, Mary am zweiten, Johannes am Tag danach. Allen schien es ähnlich zu gehen wie mir, ich war müde, lustlos und froh, den Weihnachtsgipfel überstanden zu haben. Wie in jedem Jahr überkam mich in diesen Tagen bis Silvester, die man »zwischen den Jahren« nennt, ein Zustand zwischen Trägheit und Ungeduld. Obwohl ich wusste, dass mit dem 1. 1. des neuen Jahres nichts anderes geschehen würde als die Fortsetzung des alten, und obwohl ich auch nicht zu denen gehörte, die sich vornahmen, im nächsten Jahr nicht mehr zu rauchen oder Vegetarier zu werden oder auf andere Art ein besserer Mensch, obwohl ich wusste, dass ich weiterleben würde wie bisher, kamen mir diese letzten Tage im Jahr vollkommen überflüssig vor, und ich hoffte gegen alle Vernunft auf die Magie des Neuen.

Überraschend meldete sich der Müller'sche Sohn kurz nach Weihnachten. Er und ein paar Helfer würden am nächsten Tag kommen, um die Wohnung der Eltern zu räumen. Katharina wollte auch jetzt nicht in die Wohnung einziehen. Vielleicht fände sich ja wieder ein Paar wie die Müllers, sagte sie, dafür sollte man sie lieber frei halten.

Der Sohn und vier kräftige Männer kamen mit einem großen Transportfahrzeug schon am Morgen. Zuerst luden sie die Möbel auf. Ich sah, wie der Sohn mit Katharina sprach und dabei hilflos gestikulierte. Es schien ihm unangenehm zu sein, was er zu sagen hatte. Katharina nickte nur und wies mit der Hand in Richtung des Speiseraums, als würde sie den Weg freigeben. Dann trugen die Männer den großen Tisch, die zehn Stühle und auch die Anrichte aus dem Speiseraum, in dem jetzt nur noch das Klavier, der Weihnachtsbaum und die Espressomaschine standen.

Gerlinde, sagte Katharina nur.

Ja, Gerlinde ohne Amadeus, sagte ich.

Johannes und Michael holten zwei kleine Tische aus der Bibliothek und stellten sie so nebeneinander, dass sie wieder einen längeren Tisch ergeben hätten, aber Mary gab zu bedenken, dass die Ritze zwischen beiden Tischen eine ewige Unfallstelle ergäbe, worauf wir sie doch einzeln aufstellten, aber dicht beieinander. In allen Zimmern suchten wir nach verzichtbaren Stühlen. Und dann, als wollten wir uns an die Verwandlung unseres herrschaftlich anmutenden Speisesaals in ein Provisorium mit dem Charme eines Wartezimmers gewöhnen, setzten wir uns an die kleinen Tische, Mary, Michael und Johannes an den einen, Katharina, Sylvie und ich an den anderen. Johannes schüttelte nur den Kopf, und Mary flüsterte irgendetwas mit »Gemeinheit« vor sich hin. Ich musste plötzlich lachen, weil ich mir vorkam wie in einem Theaterstück, wir saßen stumm an den kleinen Tischen wie Schauspieler auf der Bühne, die ihren Text vergessen hatten.

Ja, wirklich, sagte Katharina, das ist doch kein Drama, wir kaufen einen neuen Tisch.

Mary holte ihren Laptop, Michael Jahnke sagte, wir müssten bei eBay nach einem Kulissentisch suchen. Wir fanden sogar einen aus Nussbaum und Eiche, der dem Müller'schen Tisch ähnlich war, aber eintausendfünfhundert Euro kostete, und es fehlten noch die Stühle.

Johannes meinte, wir müssten nichts überstürzen, im alten Jahr würde sowieso niemand mehr liefern.

Dann lasst uns den abgetakelten Speiseraum wenigstens einweihen, sagte Sylvie, ich hole die Gläser. Wer holt den Wein?

Mit der Aussicht auf den schönen, wenn auch teuren Kulissentisch im neuen Jahr überwanden wir zwar den Schock, den Gerlindes herzloser Eingriff in unseren Alltag ausgelöst hatte, aber nicht die Wut auf Gerlinde. Wir brauchten wenigstens ein halbe Stunde, um uns gegenseitig zu erzählen, was uns an ihr schon immer gestört, wenn nicht sogar empört hatte: die Sache mit Pablo und ihrer angeblichen Tierhaarallergie, und dass sie Amadeus gezwungen hat, Vegetarier zu sein und ihn bewacht hat, als wäre er ihr Eigentum , dabei hätten wir alle gern öfter mit Amadeus gesprochen, und wie sie die Raucher reglementiert hat.

Sie ist bestimmt froh, dass sie endlich rauskommt aus Bossin, sie war sowieso nur wegen Amadeus hier, sagte Mary, darum durfte auch der Tisch nicht hierbleiben. In ihrem Berliner Haus sollte alles sein wie früher.

Nur Katharina nahm Gerlinde in Schutz, sie hätte schließlich eine große Familie und brauche darum einen großen Tisch, es sei nun einmal ihr Tisch, sie hätte ihn uns doch nicht gestohlen.

Trotzdem, sagte Mary, und das blieb das letzte Wort zu diesem Thema.

Aber mit dem verlorenen Tisch war die Erinnerung an Amadeus' Tod und damit der Gedanke an unser aller möglichen Tod wieder belebt. Natürlich wäre jeder Tod ein Unglück und würde die fragile Konstruktion des Bossiner Experiments gefährden, aber nur eine Person garantierte den Fortbestand der Gemeinschaft, das war Katharina. Wahrscheinlich hätte niemand außer Sylvie gewagt, sie danach zu fragen, und selbst Sylvie schlingerte um den Kern ihrer Frage herum. Also für den Fall, der natürlich nicht eintreten wird, um Gottes willen nicht eintreten soll, aber es könne ja sonst was passieren, man wisse ja nie, auch jungen Menschen könne jeden Tag irgendetwas zustoßen. Also, Katharina, fragte Sylvie endlich in einem tastenden Ton, was wäre eigentlich, wenn dir etwas zustoßen würde?

Katharina antwortete schnell und bestimmt, als hätte sie auf die Frage schon lange gewartet: Dann gehört das Haus denen, die darin wohnen. Verkaufen dürfen sie es nur einmütig, Erbansprüche entstehen bis dahin nicht. Es ist noch ein bisschen komplizierter, aber im Prinzip ist es so. Das habe ich schon geregelt, als es damals das Theater um meinen Satz gab, ihr wisst ja noch, als Michael meinte, ich sollte das Haus in eine Stiftung umwandeln. Also, wenn ich morgen tot umfalle, gehört das Haus euch, der Rest ist mir egal.

Wahrscheinlich hatte sich jeder insgeheim schon gefragt, was nach Katharina mit dem Haus geschehen würde, und jetzt, da sie die Antwort kannten, sahen sie aus, als hätte man sie als Erbschleicher enttarnt. Ich würde ohne Katharina auf keinen Fall in Bossin bleiben. Allein der Gedanke an Streitereien einer Eigentümergemeinschaft über Anschaffungen, Reparaturen und dergleichen schreckte mich ab. Wahrscheinlich würde auch Sylvie ausziehen, vielleicht auch Johannes. Und wer würde dann noch einziehen wollen?

Mary hatte inzwischen Google befragt und verkündete die befreiende Nachricht, dass Frauen mit 65 noch eine Lebenserwartung von 21 Jahren hätten, Katharina demzufolge noch 19 und wir uns darum die ganze leidige Diskussion ersparen könnten.

Und wie viel Jahre haben Männer, fragte Johannes.

Weniger, sagte Mary.

Am Abend rief Alex an. Seit seinem Besuch in Bossin hatten wir nur einmal miteinander gesprochen und einige belanglose Mails gewechselt. Eigentlich hatte er immer nur wissen wollen, ob ich schon eine Wohnung gefunden hätte.

Wo bist du, fragte ich.

Da, wo es warm ist, sagte er. Und du, bist du immer noch auf eurem …

Sag jetzt nicht wieder Gnadenhof.

Bist du immer noch auf eurem feudalen Anwesen?

Ich erzählte ihm, dass Amadeus gestorben war, dass wir jetzt nur noch sechs waren und Heiligabend sogar nur drei und dass ich mich vielleicht doch um eine Wohnung kümmern sollte.

In meiner Nähe wird ein Haus vermietet, sagte Alex, komm doch her.

Teneriffa? Das ist nichts für mich. Was macht dein Krimi über die Alterskommune?

Alex lachte. Das sage ich dir, wenn er fertig ist. Im Frühjahr bin ich wieder in Berlin.

Ich vielleicht auch, sagte ich.

Ich könne beruhigt sein, sagte Alex, er schreibe keinen Krimi über eine Alterskommune, aber sein Besuch bei uns hätte ihn immerhin inspiriert, sich an einen Politkrimi zu wagen. Ob ich mich erinnere, wie ausgerechnet Amadeus ihn gedrängt hätte, über einen Kanzlersturz zu schreiben, und jetzt schreibe er gerade die Geschichte um, ab 2011 gehe bei ihm die Geschichte der Bundesrepublik anders weiter. Morgen um sieben Uhr, sagte Alex, schalten sie übrigens Philippsburg ab, in zwei Jahren die nächsten drei, und ein Jahr danach die letzten, dann ist Deutschland von allen Kernkraftwerken befreit, im realen Leben. Die Geschichte umschreiben macht unheimlichen Spaß, viel mehr als Mord- und Totschlag in einer Alterskommune.

Ich dachte wieder einmal an meine Tagebücher.

Die Geschichte einfach umschreiben, ein verführerischer Gedanke, sagte ich.

Ja, sagte Alex, man muss nur einen Zufall erfinden, den es nicht gab, und alles geht anders weiter, als es war.

***

25

Zum Jahreswechsel blieben wir alle in Bossin, nicht einmal Sylvie zog es nach Berlin. Das gemeinsame Abendessen, für das Katharina Königsberger Klopse nach dem Rezept ihrer Großmutter versprochen hatte, war um acht Uhr angesetzt, sodass die Zeit bis Mitternacht als überwindbar gelten konnte. Am Tag blieb es still im Haus, aus einigen Zimmern klangen Musik oder Dialogfetzen aus einem Film. Ich bot Katharina an, ihr in der Küche zu helfen, aber sie wollte lieber Musik hören, dabei würde ich nur stören, aber ich könne sie von Pablo befreien, der sehnsüchtig auf den Berg Hackfleisch starrte.

Obwohl es schon dämmerte, zischte und knallte es nirgends im Dorf. Jana Radmacher hatte erzählt, dass Silvester vor zwei Jahren ein junger Hund im Ort vor Angst gestorben war und daraufhin einmütig beschlossen wurde, auf Kanonenschläge und alles, was nur Krach machte, zu verzichten. Nur Raketen waren noch zugelassen, und auch die nur ab neun bis halb eins.

Durch den Park wehte ein milder, fast frühlingshafter Wind, eine feierliche Stille hing zwischen den kahlen Zweigen. Mir fiel der Spaziergang mit Katharina ein, bei dem plötzlich das Reh aufgetaucht war. Heute war eigentlich so ein Rehtag, dachte ich, heute müsste es wieder erscheinen wie damals, still und märchenhaft. Ich nahm

Pablo an die Leine, ging langsam und so geräuschlos wie möglich, aber kein Reh wollte sich zeigen. Ich musste mich mit einem weißen Königspudel begnügen, der graziös neben mir hertänzelte.

Auf der Bank vor der Kapelle rauchte ich eine Zigarette und plötzlich, so allein im Zwielicht der Abenddämmerung, überkam mich ein Gefühl, von dem ich nicht wusste, ob es Glück oder Verlorenheit war. Ich war von einer Gewissheit erfüllt, ohne dass ich sagen konnte, wessen ich gewiss war. Man muss nur einen Zufall erfinden, den es nicht gab, und schon geht alles anders weiter, als es war, hat Alex gesagt. Ich dachte an die Zufälle, die mich in diesen Augenblick meines Lebens geführt hatten, Katharinas Erbschaft, meine ruinierte Wohnung, eigentlich schon Philipps Trunksucht, Pablos todkranke Besitzerin und die ganze lange Geschichte davor, weshalb es überhaupt diesen Park gab und die Grabkapelle, deren einstige Besitzer man verjagt hatte, und vor der ich jetzt in Gesellschaft eines Hundes auf der Bank saß und eine Zigarette rauchte. Wahrscheinlich ließe sich das ganze Leben als eine Folge von Zufällen erzählen, auch den verpassten, die man nicht erkannt hatte, Begegnungen und Möglichkeiten, die einen Abzweig vom Vorgezeichneten hätten bieten können, aber übergangen wurden. Die Frage, ob man im Leben die richtigen oder falschen Entscheidungen getroffen hatte, erschien mir angesichts der Möglichkeit, dass man doch nur ein Spielball von Zufällen war, die mit der genetischen Ausrüstung der Eltern begann, plötzlich ganz unsinnig. Der Gedanke an die Unentrinnbarkeit erfüllte mich mit einer seltsamen Ruhe und Zufriedenheit. Vielleicht war es das, was die Menschen bei Gott suchten, wenn sie sagten, es liege alles in Gottes Hand.

Pablo war ungeduldig geworden und stupste mich mit der Schnauze am Knie. Ich verscharrte die Zigarettenstummel mit dem Fuß im Sand. Auf dem Weg ins Haus fiel mir ein Zitat ein, das ich irgendwo gelesen hatte: Wenn Menschen aufhören, an Gott zu glauben, glauben sie nicht an nichts – sie glauben an irgendetwas. Wenn ich mich richtig erinnerte, stammte es von Chesterton, einem Krimiautor wie Alex. So war es wohl, ich jedenfalls war offenbar bereit, an den Zufall zu glauben, schließlich wollte man sich sein eigenes Gewordensein erklären können, wenigstens wenn es auf sein Ende zuging.

Vor dem Haus traf ich Sylvie, die aus ihrem Auto gerade eine Tasche mit Feuerwerksutensilien holte. Wir haben schon gedacht, du hättest dich im Park verlaufen, sagte sie.

Ich habe auf das Reh gewartet, es hat mich aber versetzt.

Wer hat dich versetzt? Sylvie schüttelte den Kopf.

Aus der Bibliothek schallte laute Musik, Porgy and Bess. Mary deckte schon den Tisch. Erst in dem großzügig geheizten Haus spürte ich, dass ich bis auf die Knochen durchgefroren war. Ich lieferte Pablo bei Katharina ab, ging in mein Zimmer und schrieb eine Nachricht an Alex:

> Lieber Alex, Dein Satz über den Zufall verleitet mich zu halbreligiösen Gedanken, eher Gefühlen. Ich nehme nicht an, dass das in Deinem Sinn lag. Wir müs-

sen unbedingt noch einmal darüber sprechen. Bis dahin einen guten Rutsch ins neue Jahr, für das ich Dir viel Glück und Erfolg mit Deiner umgeschriebenen Geschichte wünsche. Deine Eva

Die ersten Minuten des Abendessens vergingen in andächtiger Stille. Königsberger Klopse gehörten wie Eier in Senfsauce zu den Gerichten, die in den meisten Menschen Kindheitserinnerungen weckten, und die Königsberger Klopse in der weißen Sauce mit vielen Kapern nach dem Rezept von Katharinas Großmutter schmeckten genau so, wie Königsberger Klopse schon immer schmecken mussten. Wir erinnerten uns an unsere traditionellen Silvesterspeisen und Familienrezepte, meistens von Großmüttern überliefert, an Karpfen blau, Hackbraten und dicke braune Saucen.

Mary erzählte, dass sie bei der Geburt ihres Sohnes, die elf Stunden gedauert hat, am Ende so erschöpft war, dass sie zwischen den Wehen eingeschlafen ist und dabei geträumt hat, sie sitze bei den Buddenbrooks am Mittagstisch, wo es zu irgendeinem Gericht Schalottensauce gab und sie im Traum nicht wusste, was Schalottensauce sein könnte. Aber alle am Tisch hätten ständig über Schalottensauce gesprochen. Nach jeder Wehe bin ich wieder eingeschlafen, sagte Mary, und habe wieder zwischen den Buddenbrooks mit ihrer Schalottensauce gesessen.

In dem Fall müsste man nicht von einer geborenen, sondern von einer gebärenden Buchhändlerin sprechen, sagte Sylvie.

Ich glaube, ich hatte das Buch gerade gelesen, sagte

Mary, aber warum mich ausgerechnet die Schalottensauce so beeindruckt hat, weiß ich nicht.

Ich sagte, im Gehirn spielten sich eben sonderbare, wahrscheinlich ganz zufällige Dinge ab.

Dafür gehen die Uhren aber genau nach Plan, es ist halb zwölf, sagte Johannes, wir sollten uns allmählich unters Volk mischen.

Mit Sektflaschen, Gläsern und Sylvies Feuerwerk zogen wir auf den Platz vor der Kirche, wo das halbe Dorf versammelt war und über dem schon ein bunt glühender Regen niederging. Die Väter zündeten mit den größeren Kindern die Raketen, die Mütter und Großmütter hielten die kleinen an den Händen. Jemand schenkte aus einer großen Thermoskanne Glühwein aus.

Neben Helga Zupcke stand ein hochgewachsener Junge, den sie uns als ihren Enkel vorstellte. Unser Lars, der hat sich ja viel vorjenommen im neuen Jahr.

Der Junge lächelte verlegen.

Na, erst mal den Führerschein, hat sich ja schon lange anjemeldet, sagte Helga Zupcke. Und denn die erste große Reise ohne Eltern. Die Zupcke lachte und klopfte dem Jungen dabei anerkennend auf die Schulter.

Ja, mit meinem Kumpel in die Türkei oder so, erklärte der Junge.

Na, und seine Schwester fängt ja an zu studieren.

Hej, es geht gleich los, rief jemand, Sektkorken wurden durch die Luft geschossen, die Handys gezückt und alle zählten mit: …-vier-drei-zwei-eins, Prost Neujahr! Auf ein glückliches 2020!

Ein Jubel ging durch die Versammlung, als hätte wirklich ein neues Zeitalter begonnen, an das sich neue Hoffnungen richten ließen. Nachdem fast jeder mit jedem angestoßen und gute Wünsche ausgetauscht hatte, starrten alle in den Himmel und verfolgten den Flug der Sterne sprühenden Raketen, die kleinen Kinder schwenkten Wunderkerzen, die Sylvie verteilt hatte. Wir aus dem Haus standen dicht beieinander, Katharina hob ihr Glas: Auf dass uns niemand abhandenkommt, sagte sie und sah mich an.

Hinter uns stand Jana Radmacher mit zwei Frauen, die ich nicht kannte. Wegen des allgemeinen Lärms sprachen sie laut, offenbar über Urlaubspläne. Italien, dieses Jahr endlich, schon gebucht, hörte ich. Und Jana Radmacher sagte, Dirk hätte schon ihren alten Zeltplatz für Ostern reserviert. Übermütig stießen sie noch einmal auf das neue Jahr an. Prost Neujahr! Jana Radmacher wandte sich uns zu, ich füllte noch einmal alle Gläser, und wir riefen gemeinsam: Auf 2020!

***

26

Der 1. Januar war ein Mittwoch. Aus einem mir selbst verborgenen Grund glaubte ich, der Mittwoch sei von allen Wochentagen der für mich günstigste. Wichtige Entscheidungen und Termine legte ich, sofern es mir selbst überlassen war, immer auf einen Mittwoch. Und so hielt ich es für ein gutes Omen, dass das neue Jahr mit einem Mittwoch begann. Die restlichen Tage der Woche vergingen ruhig. Ich hatte das dringende Bedürfnis, mich von den kollektiven Essens- und Feierritualen zu erholen, und so schien es auch den anderen zu gehen. Erst in der Woche darauf pendelte sich der Alltag ein. Am Dienstag öffnete Katharina wieder ihre Sprechstunde, zu der sich allerdings nur zwei Frauen einfanden, deren Hunde zu viel Knochen vom Feiertagsbraten gekaut hatten und nun an Verstopfung litten. Am Mittwoch tagte wieder Marys Lesezirkel, für den sie diesmal Gespenstergeschichten von Cornelia Funke ausgewählt hatte. Mary war glücklich, weil zum ersten Mal auch ein Junge zu der Gruppe gehörte. Ein Mädchen hatte seinen jüngeren Bruder mitgebracht.

Wie immer, wenn die Kinder im Haus waren, zog ich mich in mein Zimmer zurück. Ich war beim Lesen eingeschlafen, wurde aber bald von Getrappel, Gekreisch und Gruselgeheul geweckt. Ich öffnete die Zimmertür, um die Ursache des Lärms zu erkunden. Mary hatte Tischtücher, andere Textilien und die letzten Wunderkerzen an die Kinder verteilt, mit denen sie nun durchs Treppenhaus tobten und selbst Gespenst spielten. Im Flur traf ich Sylvie und Johannes, die offenbar ihr Vergnügen an dem Spektakel hatten. Nun sei wenigstens Leben im Haus, sagte Sylvie. Johannes erinnerte sich an eigene Gespensterspiele. Ich schlug vor, in den Rauchersalon umzuziehen, der am weitesten vom Treppenhaus entfernt lag.

Er bewundere Marys Enthusiasmus, sagte Johannes, auch wenn er selbst die Lesefreudigkeit der heranwachsenden Generation eher skeptisch sehe.

Angeblich soll es schon immer nur fünf Prozent Leser in der Bevölkerung gegeben haben, sagte ich, sogar von Goethe hätte man noch lange nach seinem Tod Erstausgaben kaufen können, aber vielleicht sei das auch ein Gerücht, mit dem sich Schriftsteller über ihre dürftigen Auflagen trösteten.

Was macht eigentlich Ihr Freund, der Herr Gardner, fragte Johannes, dessen Geschäfte laufen doch offenbar gut.

Der schreibt gerade die deutsche Geschichte um, auf Anregung von Amadeus, der ihn unbedingt zu einem Politthriller überreden wollte. Genaues weiß ich auch nicht, nur dass die Geschichte Deutschlands ab 2011 anders weitergeht.

Hast du ihn nicht immer verdächtigt, dass er über Mord in einer Alterskommune schreiben wollte, fragte Sylvie.

Wir waren ihm wohl zu langweilig, sagte ich.

Ab 2011, sagte Johannes, sehr interessant, vielleicht lese ich dann doch mal ein Buch von ihm.

Aus der Diele drangen Kinderstimmen und vereinzeltes Gespensterjaulen, mit dem die Kinder sich von Mary verabschiedeten, und wir zogen uns wieder in unsere Zimmer zurück. Sylvie wollte noch Neujahrsbriefe schreiben, Johannes lesen, auch ich nahm mir vor, meine Lektüre fortzusetzen, diesmal aber sitzend, um nicht wieder einzuschlafen.

Nach weniger als einer Stunde hallte durch das Haus wildes Geschrei, dazwischen Hundegebell, es hämmerte gegen meine Tür, auch gegen Sylvies Tür.

Es brennt, das Haus brennt, raus, raus hier. Katharinas Stimme überschlug sich. Sie rannte über den Flur, in den schon von oben ein beißender Qualm zog, schlug mit der Faust gegen jede Tür. Wir standen alle noch ungläubig vor unseren Zimmern, während Katharina verzweifelt auf uns einschrie, endlich das Haus zu verlassen. Ich zog die Stiefel an, griff nach Mantel und Handtasche, wir hasteten durch den Flur, Mary wäre beinahe auf der Treppe gestürzt, hätte Johannes sie nicht im letzten Moment am Ärmel gepackt. Aber erst draußen, als ich sah, wie die Flammen aus dem Dach züngelten, glaubte ich, dass es wirklich brannte. Als die Feuerwehr kam, hatte der Brand sich schon ausgewachsen zu einem gefräßigen Tier, das unser Dach zu verschlingen drohte. Wie betäubt standen wir auf der Wiese und sahen zu, wie die Wasserströme sich vom Dach in das Haus ergossen, direkt in mein Zimmer. Katharina hielt den winselnden Pablo dicht bei sich, als suchte jeder Schutz beim anderen. Warum dachte ich ausgerechnet an meine Tagebücher und dass heute Mittwoch war?

Nur langsam fanden wir unsere Sprache wieder, und außer hilflosen Klagen gab es die ersten Mutmaßungen über das Wie und Warum. Kriechstrom vielleicht, ein altes Haus, trockenes Holz. Und dann sagte Sylvie, was vielleicht alle dachten: die Kinder, die Wunderkerzen. Da oben stand ein Karton mit alten Malerutensilien, Farbe und Verdünnung, sagte Michael Jahnke, da kann ein verirrter Funken reichen. Mary weinte.

Hört auf, man weiß es nicht, sagte Katharina. Sie streichelte Pablos Kopf. Er hat es zuerst gerochen, wer weiß, was sonst passiert wäre. Auf der Straße versammelten sich Leute aus dem Dorf. Das Schloss brennt, rief jemand. Die Feuerwehrleute brüllten sich Kommandos zu. Und wir starrten dumpf auf unser zischendes und qualmendes Haus, als könnten wir immer noch nicht glauben, was wir sahen. Am Himmel stand ein blasser Mond, gewiss war nur, dass am Morgen die Sonne aufgehen würde.

Dank

Ich danke allen Freunden, deren Berufs- und Lebenserfahrung ich ausbeuten durfte. Mein ganz besonderer Dank gilt Ursula Köhler und Markus Vahlefeld für ihre Geduld und klugen Fragen und Prof. Michael Sommer, dessen teilnehmende Beratung meinen Althistoriker Amadeus Müller mit den nötigen Details ausgestattet hat.

Monika Maron
im Hoffmann und Campe Verlag

Ach Glück
Roman
Umfang: 224 Seiten,
gebunden mit Schutzumschlag
ISBN 978-3-455-01272-9

Animal Triste
Roman
Umfang: 240 Seiten,
gebunden mit Schutzumschlag
ISBN 978-3-455-01274-3

Artur Lanz
Roman
Umfang: 244 Seiten,
gebunden mit Schutzumschlag
ISBN 978-3-455-01270-5

Bonnie Propeller
Erzählung
Umfang: 64 Seiten,
gebunden
ISBN 978-3-455-01161-6

Die Überläuferin
Roman
Umfang: 224 Seiten,
gebunden mit Schutzumschlag
ISBN 978-3-455-01276-7

Endmoränen
Roman
Umfang: 256 Seiten,
gebunden mit Schutzumschlag
ISBN 978-3-455-01287-3

Flugasche
Roman
Umfang: 256 Seiten,
gebunden mit Schutzumschlag
ISBN 978-3-455-01285-9

Munin oder Chaos im Kopf
Roman
Umfang: 224 Seiten,
gebunden mit Schutzumschlag
ISBN 978-3-455-01278-1

Pawels Briefe
Roman
Umfang: 210 Seiten,
gebunden mit Schutzumschlag
ISBN 978-3-455-01281-1

Stille Zeile Sechs
Roman
Umfang: 220 Seiten,
gebunden mit Schutzumschlag
ISBN 978-3-455-01289-7

Was ist eigentlich los?
Essays
Umfang: 192 Seiten,
gebunden mit Schutzumschlag
ISBN 978-3-455-01163-0

Zwischenspiel
Roman
Umfang: 200 Seiten,
gebunden mit Schutzumschlag
ISBN 978-3-455-01283-5